마이 가디언

이재문 글
무디 그림

이지북
EZbook

차 례

1
불편한 말

'망했다……'

엄마를 보는 순간 온몸에 힘이 쭉 빠졌다. 엄마는 현관 앞에서 허리에 손을 얹은 채 나를 노려보았다.

'엄마가 왜 집에 있지?'

엄마는 차로 사십 분 거리에서 아빠와 함께 고깃집을 한다. 이 시간이면 분명 가게에 있어야 하는데…….

"정은하! 너 시간이 몇 신데, 어디 있다 오는 거야?"

엄마가 버럭 내지르는 소리에 나는 화들짝 몸을 떨었다. 벌써 밤 아홉 시가 넘은 시간. 통금 시간이 일곱 시니 늦어도 너무 늦었다. 늦게 들어온다는 말도 없이 이 시간까지 밖에 있었으니 모두 내 잘못이다. 입이 열 개라도 할 말이 없다. 엄마는 어찌나 화가 났는지 얼굴이 벌겠다.

"어디 갔다 왔냐니까?"

"어, 그게……."

다미가 놀러 가자고 해서 친구들과 서울에 갔다 왔다. 다미가 가자는데 안 간다고 할 수 없었다. 다미는 내게 둘도 없는 베프니까. 놀다 보니 통금 시간을 훌쩍 넘겨 버렸다.

'뭐라고 대답하지? 솔직하게 말할까? 아니, 아니야.'

솔직히 말했다가 친구들을 곤경에 빠뜨릴 수도 있다. 그것만은 피하고 싶었다. 하지만 그렇다고 엄마를 속이고 싶지도 않았다. 어떡해야 하나 고민하다가 엄마에게는 미안하지만 결국 친구를 택하고 말았다.

"댄스 학원에서 연습하다가 늦었어."

거짓말을 하려니 목소리가 절로 움츠러들었다.

엄마가 콧방귀를 뀌며 말했다.

"이 시간까지 춤 연습을 했다고?"

"응. 틴틴 페스티벌 예선 연습……."

틴틴 페스티벌은 시청에서 열리는 청소년 예능 경연 대회다. 댄스 학원 송은지 선생님이 대회에 나가 보면 어떻겠느냐고 물었을 때, 아이들 모두 동의했다. 우리는 케이팝 댄스 초등부 부문에 출전한다. 예선은 영상 심사인데, 벌써 찍어 제출한 지 오래였다. 그런데도 연습하다 늦었다고 말하다니. 양심에 찔려 차마 엄마 눈을 똑바로 볼 수 없었다.

"아무리 연습이 중요해도 그렇지. 안 되겠어. 이건 송 쌤한테 말씀 좀 드려야겠다."

엄마가 당장 송 쌤에게 전화를 걸겠다고 했다.

'그건 안 되는데!'

송 쌤은 내가 가장 존경하는 사람이다. 엄마가 송 쌤에게 전화를 걸면 거짓말이 들통날 것이다. 쌤이 나를 거짓말쟁이로 볼까 봐 덜컥 걱정이 앞섰다.

"어, 엄마, 엄마! 이 시간에 전화 걸면 실례지!"

휴대전화를 들고 있는 엄마 손을 황급히 붙잡았다. 엄마가 나를 매섭게 쏘아보았다.

"이거 놔."

"엄마, 제발……."

나는 울상을 지으며 빌었다. 그런데 오히려 엄마 표정이 점점 더 달아올랐다.

"너, 얼굴이 왜 그래?"

"내 얼굴이 왜?"

그렇게 되묻다가 퍼뜩 떠올랐다. 내가 지금 화장했다는 걸.

"아, 그…… 댄스 분장 한 거야!"

나는 서둘러 화장실로 달려갔다. 어떡하지. 또 거짓말을 하고 말았다. 물을 세게 틀어 놓고 머리를 질끈 묶은 뒤 얼굴을 벅벅 문질렀다. 화장은 화장품 가게에 들렀을 때 다미가 해 준 것이다.

엄마가 화장을 지우는 내게 가까이 다가와 혼잣말하듯 한숨을 쉬었다.

"벌써 사춘기인가. 6학년 되더니……."

뒷말은 듣지 않아도 알 것 같았다. 말 잘 듣던 내가 요즘 들어 엄마 속을 썩여도 너무 썩였다. 세수하던 내 손이 우뚝 멈추었다. 쏟아지는 물줄기를 끄며 기어들어 가는 목소리로 말했다.

"죄송해요. 다음부터는 안 늦을게요……."

"전화는 왜 안 받아?"

"배터리가 없어서……."

이건 거짓말이 아니다. 정말로 배터리가 다 됐다. 내가 주눅 들어 있자 엄마도 더는 따져 묻지 않았다.

엄마는 할 말이 많아 보였지만 이 말만 남겼다.

"엄마는 우리 착한 딸 믿어."

많은 생각을 하게 만드는 한마디였다. 엄마는 알면서 모른 척 넘어가 주는 걸까, 아니면 정말로 모르는 걸까? 모르겠다. 친구들과 즐겁게 시간을 보냈는데, 좋았던 기분이 싹 사라졌다.

엄마는 다시 가게에 가 봐야 한다며 집을 나섰다.

"집 정리는 내가 해 놓을게. 얼른 다녀와."

깎인 점수를 어떻게든 만회하고 싶었다. 빨래 건조대에는 마른빨래가 널려 있었고, 싱크대에는 오빠가 먹고 남긴 설거짓거리가 있었다.

엄마는 아까 화낸 건 다 잊었는지 미안한 표정으로 말했다.

"그냥 둬. 엄마가 할게."

"아니야, 내가 하면 돼. 엄마, 오늘도 파이팅!"

엄마는 내 어깨를 한번 감싸안은 뒤, 현관을 나섰다.

"다녀와!"

현관문이 쿵 닫히고서야 안도의 한숨이 나왔다. 앞으로 통금 시간만큼은 꼭 지켜야겠다. 그런데 왜 우리 집만 통금 시간이 일곱 시인가 싶기도 하다. 다른 애들은 다 아홉 시라는데.

다미와 민지는 조금 더 놀다 가라며 나를 붙잡았다. 차마 그 손을 뿌리칠 수 없었다. 그래서 불안한 마음을 애써 숨기며 친구들과 시간을 보냈다.

엄마, 아빠와의 약속을 어기면서까지 그렇게 해야 하냐고 물을지도 모르겠다.

친구냐 가족이냐, 가족이냐 친구냐. 나도 고민이 많지만 끝내는 친구를 택하게 된다. 친구를 따르다 보면 엄마, 아빠의 말을 어기게 될 때가 있다. 그렇지만 엄마, 아빠 말대로 하다가는 친구들을 놓쳐 버린다. 엄마, 아빠가 알면 섭섭해하겠지만 6학년이 된 지금, 내 선택의 무게 중심은 언제나 친구들 쪽으로 기운다.

'잠깐만. 한가하게 이런 생각이나 할 게 아니지.'

이 세상에 없던 새로운 어린이 SF 문학의 탄생!

SF 환경 동화 베스트셀러 〈시간 고양이〉 시리즈

"가자! 지구를 구하러!"

시간 고양이 1~5 박미연 글 박남·이소연 그림

과학을 좋아하는 평범한 열네 살 소녀 서림과 이 세상 마지막 고양이 은실이. 사랑하는 사람과 지구를 지키기 위해 서림은 언제나 용감하게 모험을 떠난다. 씩씩한 서림과 왕할머니 고양이 은실이는 서로 의지하며 지구를 찾아온 위험천만한 사건을 해결해 나가는데……. 또 어떤 새로운 사건이 이들을 기다리고 있을까? 시간을 건너 찾아온 끝없는 상상력, 그리고 손에 땀을 쥐는 새로운 이야기!

휴대전화 충전이 급했다. 다미, 민지와 연락하기로 했는데……. 휴대전화를 충전기에 꽂고 빨래 건조대로 다가갔다. 빨래를 개서 옷장에 갖다 놓는데 배에서 꼬르륵 소리가 났다. 다미가 다이어트한다며 저녁을 먹지 않아서 덩달아 먹지 않았더니 배가 고팠다.

'라면이나 끓일까?'

부엌으로 가서 냄비에 물을 얹었다. 방에서 오빠가 게임하는 소리가 들렸다. 다시금 왜 이 시간에 엄마가 집에 있었는지 알고 싶어졌다.

나는 슬그머니 오빠 방으로 다가가 눈을 가늘게 뜨고 물었다.

"어떻게 된 거야? 엄마가 왜 집에 있어?"

오빠가 일러바친 게 아니냐는 합리적 의심이었다. 나보다 두 살 많은 오빠는 그러거나 말거나 모니터만 쳐다봤다.

"어쩌라고."

"오빠가 엄마한테 연락했지."

"통금 일곱 시."

"그래도. 엄마 걱정하잖아."

"그걸 알면 일찍 다니든가."

'자기는 늦게 다니면서 왜 나보고는 일찍 다니래?'

억울한 마음이 들었지만, 오빠와 싸우면 좋을 게 없다. 오빠를 구슬려서 내 부탁을 듣게 하는 게 더 좋은 방법이다.

"라면 먹을래?"

"됐어. 넌 밥도 안 먹고 이 시간까지 뭐 하고 다니냐? 또 그 다민지 뭔지 하는 애랑 있었지?"

오빠의 얄미운 말투 때문에 나도 모르게 욱했다.

"아니거든! 아, 게임이나 해!"

오빠 방문을 거칠게 닫고 다시 부엌으로 돌아와 라면 봉지를 북북 뜯으며 씩씩거렸다.

오빠는 전에도 다미에 대해 나쁘게 말한 적이 있다. 어린게 벌써 화장이나 하고 다닌다며, 같이 놀지 말라고 했다. 다미는 내 학교생활을 구원해 준 은인인데, 잘 알지도 못하면서 그런 말을 하다니.

마침 어느 정도 충전이 됐는지 휴대전화 전원이 들어왔다. 나는 끓는 물에 라면을 넣고 얼른 휴대전화를 손에 들었다. 오늘 놀러 가서 찍은 사진을 집에 가자마자

SNS에 업로드하기로 했는데 너무 늦어 버렸다. 서둘러
사진을 올린 뒤, 대화방에 메시지를 남겼다.

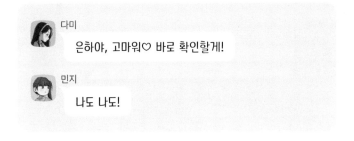

은하

얘들아, 사진 올렸어!

기다렸다는 듯 곧바로 답장이 왔다.

다미

은하야, 고마워♡ 바로 확인할게!

민지

나도 나도!

두 사람 반응이 어떨지 기대하며 방금 SNS에 올린 사
진들을 확인했다.

어쩜, 보정한 내 얼굴은 실제보다 훨씬 예뻐 보였다.
나도 모르게 입꼬리가 올라갔다. 정말 마음에 드는 사
진이었다. 물론 사진 속에서 가장 빛나는 건 내가 아니
지만.

'여신 아니야?'

나는 넋을 놓고 사진 속 다미를 보았다. 다미는 눈이 부시도록 반짝였다. 화장은 또 얼마나 잘하는지 동영상으로만 화장법을 익혔다고는 믿기지 않았다. 다미는 하늘초 6학년 중 가장 주목받는 아이다. 오뚝한 코와 빨간 입술도 그렇지만, 그중에서도 눈이 가장 매력 있다. 나도 다미처럼 눈이 크면 얼마나 좋을까? 성격이 활달한 다미는 남녀 모두에게 인기도 많았다. 그런 다미와 내가 베프라니.

"은하야, 너 갈 거지?"

며칠 전에 다미가 서울에 놀러 갈 친구들을 모았다. 다미가 그렇게 물었을 때, 나를 제일 먼저 찾아 주는 게 기뻤다. 다만 서울에 놀러 간다고 하면 엄마, 아빠가 걱정하실까 봐 고민이 됐다. 그렇다고 다미가 가자는데 가지 못한다고 거절하기는 힘들었다. 다미의 말은 나에게는 꼭 따라야 할 법이나 마찬가지였다.

그래서 나도 모르게 대답해 버렸다.

"응, 당연히 가야지."

오늘 아침에 약속 장소에 나가 보니 남자아이들도 있

어서 내심 놀랐다. 남자아이들과 같이 가는 줄은 몰랐다. 나는 남자아이들과는 교류가 전혀 없었는데 다미와 친해진 후부터 조금씩 어울렸다. 지금도 어색한 건 마찬가지지만, 전보다는 많이 나아져서 남자아이들과 이런저런 대화를 나누기도 한다. 이게 다 다미 덕분이라고 해야 하나?

서울에서 영화도 보고, 햄버거도 먹고, 코인 노래방도 갔다. 남자아이들은 중간에 피시방에 가겠다고 헤어졌고, 여자아이들끼리 옷을 구경하러 돌아다녔다. 다미는 보름 앞으로 다가온 현장 체험 학습 때 입을 거라며 흰색 크롭 티를 사더니 나와 민지에게도 같은 크롭 티를 권했다.

"내가 크롭 티를?"

나는 너무 놀라서 입을 다물지 못했다. 자그마치 배꼽이 다 보이는 옷이다. 웬만한 자신감으로는 소화하기 힘들다. 크롭 티 입은 내 모습을 상상하는 것만으로도 얼굴이 달아올랐다. 그러나 다미는 그게 뭐가 부끄럽냐며, 그러지 말고 같이 입자고 졸랐다.

"정 부끄러우면 현장 학습 때만 입으면 되잖아. 우리,

같은 옷 입고 가면 진짜 좋겠다!"

민지는 고민 없이 샀다. 나는…… 한참을 망설이다가 샀다. 가격이 좀 비싸긴 했지만 눈 딱 감고 그간 모은 용돈을 다 털었다. 그래서일까. 손에 크롭 티를 쥐었을 땐 조금 허무했다.

'내가 뭘 한 거야.'

그래도 좋아하는 다미를 보니, 그걸로 됐다 싶었다.

우리는 같은 옷을 산 기념으로 크롭 티를 입고 인증 사진을 찍었다. 그 사진은 다미 휴대전화에 있는데 SNS에 올리겠다고 했다. 친구들에게 공개된다고 생각하니 괜히 떨리면서도 이왕이면 '좋아요'를 많이 받고 싶었다.

라면이 다 익었다. 입안에 잔뜩 침이 고였다. 본격적으로 먹으려고 젓가락으로 면을 휘휘 저을 때였다.

 다미
이거 나 너무 이상하게 나오지 않았어?

다미가 내게만 SNS를 캡처한 사진을 보내왔다. 영화

보러 들어가기 전에 상영관 앞에서 팝콘을 들고 찍은 사진이었다. 내가 보기에는 잘 나왔는데, 다미 생각은 좀 다른가 보다.

나는 재빨리 손을 움직였다.

은하

아, 이거? 미안. 바로 지워 줄게!

올리기 전에 먼저 물어봤어야 하는 건데.
진짜 미안. ㅠㅠ

나는 메시지를 연달아 보내고 사진을 얼른 내렸다. 다미는 이런 일에 조금 민감하다. 전에도 민지가 아무 생각 없이 사진을 올렸다가 곤란해진 적이 있다. 남자아이 중 몇몇이 그 사진을 자기 계정에 공유했고 그걸 지우게 하느라 얼마나 애를 먹었는지 모른다. 이번에도 그런 일이 일어나서는 안 된다.

다미
역시 은하는 착해!

다미가 하트 날리는 곰 이모티콘을 보냈다. 나는 안도의 한숨을 쉬었다.

한편으로는 조금 아쉬운 마음도 있었다. 그 사진은 가장 마음에 든 사진이었으니까. 나머지 사진은 다미가 잘 나와서 올린 거지 나는 못 나온 것들이었다. 내가 잘 나온 사진 한 장 정도는 괜찮지 않나 싶었는데……. 아쉬운 마음에 살짝 쓴웃음이 나왔다.

조금 뒤에 다미 SNS에도 새 사진이 올라왔다고 알람이 왔다. 나는 얼른 다미 SNS에 접속했다. 오른손에는 젓가락을, 왼손에는 휴대전화를 붙잡고 면발을 후후 불며 스크롤을 내렸다.

그때, 사진 한 장이 눈에 띄었다.

"어? 이거 올렸네?"

나는 갑자기 심각해져서 젓가락을 내려놓고 양손으로 휴대전화를 쥐었다. 화장품 가게에 들렀을 때 찍은 사진이었다.

화장품 가게에서 다미는 나에게 이렇게 말했다.

"은하야, 너도 화장 좀 하고 다녀."

"화장? 나 같은 애가 해도 괜찮을까?"

나는 어색하게 웃으며 말을 돌리려 했다. 그러나 다미는 그럴 게 아니라 자기가 직접 해 주겠다고 했다.

"내가 너 맨얼굴이 예뻐서 좋아하잖아. 여드름 살짝 가리고 눈 화장 좀 하면 훨씬 예뻐질 거야."

솔직히 내키지 않았다. 평소 엄마가 화장하는 걸 반대하기도 했고, 나 또한 아직은 티 나는 화장은 하고 싶지 않았다. 하지만 나는 다미에게 얼굴을 내줄 수밖에 없었다. 다미가 원하니까. 화장은 그래서 하게 됐다.

문제는 결과가 썩 마음에 들지 않는다는 거였다. 도무지 나쁘게 말할 수가 없어 고맙다고는 했지만, 얼른 씻어 내고 싶은 마음뿐이었다. 다미가 사진을 찍자고 했을 때는 속으로 찍고 싶지 않다는 말을 백 번은 한 것 같다. 그런데 다미가 그 사진을 SNS에 올린 것이다.

사진 속 나는 누가 봐도 어색한 표정이었다. 표정도 표정이지만, 꼭 어린아이가 엄마 화장품을 바른 것 같았다. 다른 아이들이 보면 어쩌나 걱정이 앞섰다. 다미는 SNS 팔로어가 많아서 사진이 금방 퍼질 것이다.

사진을 내려 달라고 말해야 하나? 다미는 내게 자기가 못 나온 사진을 내려 달라고 했으니까 나도 말해도 될 것이다. 그런데 이상하게도 나는 그게 어려웠다. 싫은 내색을 했다가 혹시나 다미가 나를 떠날까 봐. 예전처럼 친구들에게 버림받고 또 혼자가 될까 봐. 나는 다미가 잡아 준 손을 도무지 놓을 수가 없었다.

'에이. 뭐, 어때. 고작 사진인데……'

나는 SNS를 끄고 휴대전화를 내려놓았다. 내겐 다미와의 우정이 못 나온 사진보다 훨씬 중요하다. 그렇게 속상한 마음을 달래며 라면을 먹다 보니 어느덧 국물에 찬밥까지 말고 있었다. 다미는 먹어서 스트레스를 풀면 안 된다고 했지만, 그래도 배가 부르니 기분이 풀렸다. 그때 휴대전화가 다시 울렸다.

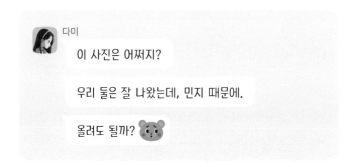

다미는 찡그린 곰돌이 이모티콘을 보냈다. 질문이었

지만, 올리겠다는 통보와 같았다. 사진은 크롭 티를 입고 셋이 찍은 사진이었다. 나는 사진을 확대해 이리저리 살펴보았다. 아무리 보아도 민지 어디가 문제라는 건지 찾지 못했다.

곧 다미 메시지가 올라왔다.

 다미
아까 볼 때는 몰랐는데, 민지 뱃살이 좀. ㅠㅠ

내 눈에는 전혀 그렇게 보이지 않았지만, 일단은 다미의 말에 맞장구쳤다.

은하
그런 듯. 어쩌지?

메시지를 보내기 무섭게 다미에게 전화가 왔다.
"뭐 하고 있었어?"
다미 물음에 나는 볼록 나온 배에 힘을 주며 괜히 안절부절못했다.

"뭐 하긴. 운동하고 있었지."

"그치, 그치. 나도 사진 올리면서 운동 중."

다미는 요가 중이라 했다. 저녁도 먹지 않고 운동하는 열세 살은 많지 않을 거라고, 꼭 다이어트 성공해서 예쁜 옷을 입자고 했다. 다미는 이미 날씬한데도 더 날씬해지려 했다. 아이돌이 꿈이라서 그런가? 다미는 내게도 아이돌 오디션을 같이 보자고 했다. 나는 굳이 아이돌이 되고 싶지 않지만, 그러겠다고 했다.

다미가 의미심장하게 말했다.

"그 사진, 어떻게 해야 할지 고민이야. 나는 우리 셋이 같은 옷 입고 찍은 게 좋아서 올리고 싶은데……."

다미가 비밀 이야기라도 하듯 목소리를 낮추었다.

"민지, 살 빠졌다고 하던데 그래도 아직 좀 통통한 것 같지?"

"아……. 뭐, 그런가?"

불편한 말이 시작되었다. 전에도 종종 이런 적이 있었다. 은근히 흉보는 거 말이다. 그때마다 나는 마음이 무거웠다. 남 흉보는 건 하고 싶지 않았다. 특히나 그게 우리 셋 중 하나인 민지라면. 나는 괜히 목이 타서 컵에 물을 따라 마셨다.

"걔는 살 뺀다면서 아무거나 막 먹어. 지금도 그래. 아까 잠깐 통화했는데, 라면 먹고 있다더라?"

나는 그만 사레가 들려 캑캑거렸다.

"은하야, 왜 그래? 괜찮아?"

"괘, 괜찮아! 운동하다가 물을 급하게 마시느라……."

나는 꿀꺽 침을 삼키며 국물이 자작하게 남은 라면 냄비를 멀리 밀어 버렸다. 휴대전화를 타고 냄새가 넘어갈 것도 아닌데 말이다. 라면을 먹어서 아까보다 볼록하게 느껴지는 배도 만져 보았다. 그래도 나 정도면 날씬하겠지? 날씬한 다미에 비할 바는 아니지만.

"솔직히 민지가 다이어트 얘기할 때마다 불편해. 날씬하지도 않으면서 잘난 척하잖아, 안 그래?"

"으, 응."

나는 어색하게 대답하며 중간중간 휴대전화에서 입을 떼고 한숨을 흘렸다. 이럴 때는 어떻게 해야 할지 모르겠다. 하지 말라고 하면 다미가 서운해할까 봐 그럴 수도 없고……. 이러지도 저러지도 못하는 상황이 난처해서 진땀이 흘렀다.

다미와 삼십 분 넘게 통화한 것 같다. 통화를 끝내며 다미가 말했다.

"너 아니면 누구한테 이런 얘길 하겠어?"

그 말에 지금껏 불편했던 감정이 조금은 사라졌다. 그래, 내가 다미에게 힘이 되어 줄 수 있다니 그걸로 만족하자. 민지에게는 미안한 만큼 조금 더 잘해 주면 되겠지? 물론 다미 몰래 말이다.

2
최고의 행운

내가 다미와 베프라는 게 지금도 믿기지 않는다. 어쩌다 다미의 베스트 프렌드가 된 걸까. 사실 잘 모르겠다. 다미는 내가 춤을 잘 추는 게 마음에 든다는데, 혹시 그 때문일까? 농담 같긴 하지만 정말 내 맨얼굴이 예뻐서일까? 이유야 어떻든 다미와 친해진 건 내 인생 최고의 행운이다.

다미와는 작년에 같은 반이 되면서 처음 만났다. 그때도 인기가 많았던 다미는 나와는 여러 면에서 다른 아이였다.

다미는 남자아이들과도 스스럼없이 어울렸고 장기

자랑 시간에는 앞에 나가는 걸 두려워하지 않았다. 늘 아이들에게 둘러싸여 있었고, 5학년 1학기 전교 임원 선거에 나가 당선되기도 했다. 그런 다미였기에 나는 다미와 친해질 엄두도 내지 않았다. 반면에 다른 아이들은 다미와 친해지고 싶어서 안달이었다. 다미에게 선물이나 간식을 건네기도 했다.

한편으로는 그런 다미가 부러웠다. 어떡하면 저렇게 반짝반짝 빛날 수 있을까? 다미를 닮고 싶어서 다미 몸짓이나 말투를 흉내 내 본 적도 있다. 물론 성공하지 못했지만. 그런 내가 다미와 말을 나누게 된 건 수학 방과 후 교과 보충 수업 때문이었다.

수학을 못하는 나는 선생님의 권유로 몇 주 동안 보충 수업을 듣게 됐다. 다른 아이들은 다 집에 가는데 나만 남아야 하니 부끄럽기도 하고, 설명해 주던 선생님이 한숨을 쉬면 내가 정말 부족한 학생이 된 것만 같아 속이 상했다.

놀랍게도 그 수업에 다미도 있었다. 그 유명한 다미가 수학을 못한다니 믿기지 않았다.

다미는 평소와 달리 말이 없었다. 입을 꾹 다문 채 학습지만 노려보았다. 왠지 분위기가 험악했다. 나 또한 말없이 학습지만 풀었다. 어쩌면 먼저 말 걸 수 있는 절호의 기회였지만, 그 당시의 나는 다미 눈도 마주치지 못할 정도로 주눅 들어 지냈다.

한번은 선생님이 우리 둘만 남겨 두고 잠깐 자리를 비웠다. 약수와 배수를 공부하고 있었는데, 아무리 공부해도 헷갈렸다. 최소 공약수인지 최대 공배수인지, 말 자체가 어려웠다. 그때, 휴대전화를 꺼내 든 다미가 찰칵 소리가 나게 학습지를 찍었다. 그러고는 선생님이 오는지 눈치를 보며 누군가와 메시지를 주고받았다. 잠시 후, 다미가 학습지에 답을 쓰더니 내게 다가왔다. 다미가 대뜸 학습지를 내밀며 말했다.

"이거."

나는 깜짝 놀라 눈만 끔뻑거렸다. 다미는 여유 있는 표정으로 학습지를 팔락팔락 흔들었다.

"답이니까 보고 베껴. 열심히 해 봤자 어차피 우린 이해 못 해. 대충 답만 쓰면 되지."

아무런 거리낌 없이 자신만만하게 말하는 다미가 어쩐지 멋있어 보였다. 나는 절대 할 수 없는 말과 행동이

었다. 역시 인기 있는 아이는 다른가 싶고, 그런 다미가 말 걸어 준 게 고맙기까지 했다. 나는 그만큼 누군가의 관심에 목말라 있었으니까.

그렇지만 나는 정답이 적힌 학습지를 선뜻 받을 수 없었다. 그건 커닝이니까. 더 공부하려고 남은 거지 커닝하려고 남은 게 아니었으니까. 다미가 내 굳은 표정을 보고 어깨를 으쓱했다.

"싫음 말고. 난 검사 맡고 집에 갈래. 자존심 상해서 도저히 못 하겠어. 내가 왜 수학까지 잘해야 하는데? 다른 거 잘하면 됐지."

선생님이 학습지를 빨리 끝내면 집에 일찍 보내 주겠다고 했다. 다미가 학습지를 도로 가져가려 하는데, 나도 모르게 다미의 손을 붙잡고 말았다.

"자, 잠깐만!"

왜 그랬을까? 커닝은 정말로 하기 싫었는데. 아무리 공부를 못해도 선생님을 속이고 싶진 않았는데. 수학을 왜 잘해야 하는지 모르겠다는 다미의 말에, 다른 거 잘하면 되지 수학까지 잘할 필요 있냐는 말에 동의해서였을까?

아니면 본능적으로 느낀 걸지도 모르겠다. 다미가 내민 그 학습지가 실은 내 시궁창 같은 학교생활을 구원해 줄 동아줄이라는 것을. 선생님을 속이더라도 그때의 나에게는 그 동아줄이 절실했다.

다미가 학습지를 잡고 있는 손에서 힘을 뺐다. 나는 다미 눈치를 보며 얼른 답을 채워 넣었다. 다미가 그런 나를 보며 입꼬리를 씩 올렸다.

조금 어색한 시간이 흘렀다. 빨리 갈 수 있을 줄 알았는데, 한참이 지나도 선생님이 오지 않았다.

다미가 말을 꺼냈다.

"너 연서랑 친했지?"

"연서?"

4학년 때 같은 반이었던 연서의 이름이 나오자 신장이 쿵쾅거렸다. 수줍음 많고 친구를 잘 사귀지 못하는 내게 연서는 하나뿐인 친구였다. 아니, 친구인 줄 알았다. 연서와 나는 둘 다 춤을 좋아했다. 춤 때문에 가까워졌다고 해도 될 것이다.

그런데 어느 날부터인가 연서가 나를 멀리했다. 내가 다가가면 나를 거들떠보지도 않고 자리를 옮겼다. 답답한 마음에 혹시 나한테 화난 게 있냐고도 물었다.

"아니, 그런 거 없는데?"

말은 그렇게 했지만 연서의 표정은 싸늘하기만 했다. 연서는 이렇게 덧붙였다.

"근데 너는 왜 항상 내 말에 반대해?"

"반대라고? 나 그런 적 없는데?"

"없으면 말고."

연서는 그 말을 하고 자리에서 멀어졌다. 덩달아 연서 주변 아이들도 나를 힐끔거리며 연서를 따라 교실을 나갔다. 항상 반대했다니? 그때는 무슨 말인지 몰랐는데, 이제는 안다.

그 후, 연서가 나에 관해 아이들에게 이러쿵저러쿵 말하고 다닌 듯했다. 좋지 않은 말인 것 같았다. 그때부터 나는 혼자가 되어 체육 시간도 모둠 활동 시간도 외롭게 보냈던 것 같다. 심지어 짝을 정할 때도 나와 짝이 된 아이는 우는소리를 했다. 다른 아이들이 내 짝더러 불쌍하다느니 앞으로 학교 어떻게 다니냐느니 하는 말을 했다. 하지만 학교 가는 게 끔찍한 건 바로 나였다.

그런 연서가 4학년 여름 방학이 지나고 다른 지역으

로 이사 갔다. 다행히 연서가 떠난 이후로는 나를 향한 아이들의 미움이 많이 사라졌다. 그렇다고 나를 무리에 끼워 주지도 않았다. 내가 먼저 나서서 친해지려 하지도 못했다. 아이들에게 말을 걸려고 마음먹은 적도 있지만 심장이 쿵쾅거려 결국 아무 말도 하지 못했다. 나는 여전히 외톨이로 시간을 보내야 했다. 그런 연서의 이름이 다미 입에서 나온 것이다.

"연서가 네 얘기 한 적 있어. 너 춤 잘 춘다며?"

"아, 엄청 잘 추는 건 아닌데······."

"춤 어디서 배워? 학원? 나도 춤 잘 추고 싶은데."

다미가 요즘 유행하는 아이돌 춤을 따라 췄다. 나는 입이 얼어붙어 아무 말도 하지 못했다. 연서 이야기는 하지 않고 싶었다. 그때의 아픈 기억을 떠올리는 것만으로 식은땀이 났다.

그때, 다미가 전혀 예상하지 못한 말을 건넸다.

"연서 걔가 속이 좀 좁잖아. 네가 춤 잘 추는 게 싫었나 봐. 네가 잘난 척이 심하다고 하더라? 내가 볼 땐 아닌 것 같은데."

"어?"

"나도 연서 별로였어. 잘난 척은 오히려 걔가 심했지."

다미가 나를 보며 싱긋 웃었다.

"춤 좀 가르쳐 줘."

너무 놀란 나머지 한동안 말을 잇지 못하던 나는 힘껏 고개를 끄덕였다.

"응!"

나는 최선을 다해 춤을 가르쳐 주었다. 그럴 때마다 다미는 손뼉을 치며 좋아했다.

춤은 나의 유일한 특기였다. 누구에게 보여 주고 싶어서가 아니라 좋아서 추는 춤. 커다란 거울에 비치는 춤추는 내 모습이 좋았다. 그런데 그날 이후 춤을 좋아하는 이유가 또 하나 생겼다.

얼마 뒤, 다미는 내가 다니는 댄스 학원에 등록했다. 그리고 아이돌이 되겠다는 꿈을 가졌다. 따지고 보면 다미의 꿈은 나 때문에 생긴 것이다. 나도 다미한테 무언가를 해 준 것 같아 뿌듯했다. 한편으로는 안심이 됐다.

'이 정도면 다미는 연서처럼 나를 떠나진 않겠지?'

다미가 나를 떠나는 일은 상상조차 하기 싫었다.

3
피하고 싶은 아이

다음 날 아침, 시끄러운 알람 소리에 정신이 들었다.
혹시나 엄마, 아빠가 깰까 봐 눈을 뜨자마자 얼른 알람
부터 껐다.

눈을 비비고 거실로 나갔다. 안방에서 엄마, 아빠의
새근거리는 소리가 들렸다. 두 분은 곤히 주무시고 계
셨다. 가게 정리를 마치고 새벽 다섯 시는 되어야 들어
오니 지금쯤이면 한밤이나 마찬가지다. 오빠도 밤새 게
임을 해서인지 아직 자고 있었다. 얼른 학교 가라고 깨
운 뒤, 나도 학교 갈 준비를 했다.

우리 집은 새봄가든 A동 202호다. 원래는 강산아파

트에 살았는데, 가게를 확장하느라 아파트를 팔고 지금 있는 빌라로 이사 왔다. 벌써 재작년 일이다. 강산아파트는 우리 집과 학교 사이에 있다. 그곳에 다미와 민지가 산다.

아침에 집을 나서서 가장 먼저 하는 일은 강산아파트 편의점에 들르는 것이다. 편의점 사장님에게 인사한 뒤, 다미가 좋아하는 초코 우유와 민지가 좋아하는 탄산음료를 하나씩 골랐다. 계산하고 편의점 야외 테이블에 앉아 친구들을 기다렸다.

십 분쯤 지나자 다미가 나타났다. 나는 벌떡 일어나 다미에게 손을 흔들었다. 다미도 활짝 웃으며 달려왔다. 우리는 손을 맞잡고 서로를 반겼다.

"이거!"

내가 초코 우유를 내밀자 다미 표정이 환해졌다.

"오, 쪼꼬 우유!"

다미는 우유갑 입구를 열어 꿀깍꿀깍 소리 나게 마시고는 맛있다며 엄지를 치켜들었다. 이럴 때마다 다미가 너무 귀여워서 볼을 꼬집고 싶어진다.

'세상에, 내가 다미랑 아침마다 같이 등교하다니! 이

게 다 꿈은 아니겠지?'

1년 전에는 상상도 하지 못한 일이다.

편의점은 우리의 아지트다. 매일 아침 여덟 시쯤 만나서 수다를 떨다가 함께 등교한다. 다미는 겉옷 안에 어제 산 크롭 티를 입고 왔다며 보여 주었다. 화장은 하지 않았지만 대신 파우치에 화장품을 챙겨 왔다고 했다.

다미가 볼멘소리를 했다.

"1반 선생님 너무해. 화장도 못 하게 하고."

작년까지만 해도 마음대로 화장할 수 있었는데, 올해부터는 어렵게 됐다. 6학년 학년 규칙으로 '화장 금지'가 생겼기 때문이다.

"화장이 뭐 어때서? 하든 말든 우리 자유 아니야?"

다미는 '자유'라는 말을 자주 한다. 우리에게도 자유가 있는데 학교에서 강제로 못 하게 한다며 불만이 많았다. 하필 화장 금지 규칙을 처음 제안한 사람이 우리 반 선생님이어서 다미는 우리 담임 선생님 때문에 화장을 못 하게 됐다고 생각한다.

하지만 엄밀히 말하면 강제는 아니었다. 6학년 전체 투표로 결정한 규칙이니까. 나는 우리가 정한 규칙이니

따라야 한다고 생각하지만 굳이 입 밖에 꺼내지는 않았다. 아마 연서가 말하던 '반대'라는 게 이런 걸 두고 하는 말이었을 거다. 친구들 의견에 다른 의견을 내는 것. 그게 꼭 맞서는 것처럼 느껴졌을 거다. 나는 이제 그러지 않는다. 굳이 어색한 분위기를 만들고 싶지 않았다.

잠시 후, 민지가 합류했다. 우리 셋은 편의점 테이블에 앉아 다른 아이들이 SNS 게시물에 '좋아요'를 눌러 준 이야기, 새로 산 화장품 사용 후기, 곧 있을 현장 학습 계획 등을 나누었다. 등교 시간이 다 됐지만 다들 일어날 생각이 없었다. 5학년 때 한 반이었던 우리가 6학년이 되면서 각자 다른 반으로 갈라져 더 그랬다.

5학년 종업식 때 생활 통지표를 받아 들고 얼마나 한숨을 쉬었는지 모른다. 다들 겨울 방학이 시작됐다고 신났는데 우리 머리 위에만 먹구름이 잔뜩 껴 있었다. 반 배정이 폭망이었기 때문이다. 말 그대로 폭망. 어떻게 셋 다 다른 반이 된 건지.

새 학기 첫날이 생각난다. 침대에서 일어나는 게 너무 힘들었다. 그 전날부터 배가 아프고 가슴이 답답했다. 할 수만 있다면 개학을 한 달쯤 뒤로 미루고 싶었다. 아니면 반 배정을 몰랐던 겨울 방학 전으로 돌아가고 싶었다.

새 학기가 시작되고 몇 주 지나자 조금 적응되긴 했지만, 그렇다고 편해진 건 아니었다. 그나마 다미 덕분에 새 친구를 좀 사귀었는데, 그 애들과는 아직 어색하다.

"앗, 벌써 여덟 시 오십오 분이야!"

내가 휴대전화 시계를 확인하고서야 우리는 허겁지겁 학교로 향했다.

6학년 교실은 5층이라 쉬지 않고 오르면 숨이 찬다. 우리는 복도에서 헤어지기 싫다는 듯 몇 번이고 돌아보며 손을 흔들다가 교실로 향했다.

문을 열고 들어가니 아이들이 쥐 죽은 듯 책을 읽고 있었다. 선생님도 책을 읽다가 고개를 들었다.

"이제 오니? 빨리 다니자."

"죄송합니다."

선생님 말이 나무라는 듯 들려서 귓불이 뜨거워졌다. 올해 담임 선생님은 엄격한 편이었다. 규칙을 강조해서 항상 긴장해야 했다. 그래서인지 교실이 숨 막힐 때도 있다. 나는 얼른 자리로 향했다. 마침 수업 시작종이 쳤고 선생님의 말이 이어졌다.

"1교시는 수학이지? 수학 모둠으로 자리 이동하자."

그 순간 온몸에 소름이 돋는 듯했다. 하필 수학이 1교시라니! 나도 모르게 신음을 흘리며 한 아이를 힐끔거렸다.

'이지은······.'

우리 반이 숨 막히게 느껴지는 또 하나의 이유였다.

쉬는 시간이 되자마자 복도로 나왔다. 언제나처럼 다미와 민지도 복도에 있었다. 우리는 서로의 손을 맞잡고 콩콩 뛰었다. 고작 사십 분 떨어져 있었는데도 다시 보니 너무 좋았다. 다미가 물었다.

"너네 1교시 뭐였어?"

"사회. 나 완전 스트레스."

민지가 기절할 것처럼 고개를 가로저었다. 민주 항쟁이니 군사 독재니 하는 어려운 말 때문에 머리가 핑핑 도는 것 같다고 했다. 다미 반은 실과였다. 가족의 다양한 형태를 역할극으로 발표하는 수업이었다는데, 너무 싫었다고 한다.

"학교에서 가족 얘기를 왜 해? 사생활인데."

바로 그때 민지가 눈치 없는 소리를 했다.

"아, 그 수업. 나도 했어. 난 재밌던데?"

아주 짧은 순간이었지만 다미 얼굴이 일그러졌다. 금세 원래 표정으로 돌아왔지만, 이 대화를 그리 달가워하진 않는 듯했다.

다미는 평소에도 가족 이야기가 나오면 말을 돌렸다. 무슨 사정이 있는지는 모르지만 다미가 싫어하는 주제라는 건 확실했다. 문제는 민지였다. 눈치 없이 굴다가 다미 심기를 건드린 적이 종종 있다. 나는 분위기가 더 나빠지는 걸 막으려고 얼른 말을 돌렸다.

"난 1교시부터 완전 망했어."

민지가 눈을 동그랗게 뜨고 관심을 가졌다.

"왜? 너네 무슨 수업이었는데?"

민지를 슬쩍 흘겨보던 다미도 내게 고개를 돌렸다. 나는 한숨을 푹 쉬며 말했다.

"수학."

그 한마디면 모든 걸 설명할 수 있었다.

"헉. 우리 은하, 어떡해!"

민지가 자기 일처럼 울상을 지었고, 다미는 표정이 딱딱하게 굳었다.

"너네 반은 왜 그렇게 수학 많이 해?"

나는 다미 말에 얼른 맞장구쳐 주었다.

"내 말이."

그러자 다미가 못마땅한 표정으로 물었다.

"그럼 또 이지은이랑 같은 모둠 했어?"

나는 할 수 없었다는 듯 고개를 끄덕였다.

"으응……."

다미 앞에서 이지은 이름을 입에 올리는 건 조심스러운 일이다. 다미는 내가 이지은과 같은 모둠이 되어 수업을 듣는 게 정말 싫다고 했다. 다미가 기분 나빠하는 모습에 내 마음도 무거워졌다. 한편으로는 나 스스로가 낯설었다. 내가 누군가를 꺼리게 될 거라고는 생각해 본 적이 없기 때문이다. 피하고 싶은 아이, 이지은을 만나기 전까지는.

6학년 첫 번째 수학 시간, 선생님이 앞으로 우리 반 수학 시간에 '또래 도우미' 활동을 할 거라고 말했다.

"수학 공부에 도움이 필요한 친구들을 묶어서 또래

도우미와 짝 지어 줄 거야. 계획서에 모둠과 담당 도우미 이름이 있으니 확인해."

선생님이 나눠 준 계획서를 보고 눈을 의심할 수밖에 없었다. 이지은과 같은 모둠이 된 것이다. 가슴이 철렁 내려앉았다. 다른 애라면 누구든 상관없지만, 이지은만큼은 정말 피하고 싶었다. 이지은이 누군가. 모든 아이와 잘 지내는 다미가 몸서리치는 아이였다.

반 배정이 발표됐을 때, 내가 이지은과 같은 반이 된 걸 알게 된 다미는 펄쩍펄쩍 뛰었다.

"은하야, 이지은하고는 눈도 마주치지 마. 알았지?"

"알았어. 절대 안 마주칠게."

그런데도 다미는 성에 차지 않는지 꽤 오래 속상해했다. 놀라운 건 다미와 이지은이 한때는 친했다는 것이다. 그런데 어쩌다 이렇게 되었을까? 다미는 이지은을 왜 그렇게 싫어하는 걸까? 궁금했지만 다미가 싫어하니 차마 물어볼 수 없었다. 민지가 슬쩍 귀띔해 주지 않았으면 아직도 몰랐을 거다.

"예전에 이지은이랑 다미랑 크게 싸웠거든."

"정말? 왜?"

"나도 자세히는 몰라. 그렇지만 다미가 괜히 싸웠겠어? 이지은이 먼저 시비를 걸었겠지."

그때는 그런가 하고 넘어갔는데, 계속 궁금했다. 두 사람은 뭐 때문에 싸운 걸까? 이지은과 같은 반이 되고 나서도 의문이 풀리지 않았다.

다미는 이지은이 말을 함부로 하고 자기 하고 싶은 대로만 한다고 했다. 그래서 주변 사람들을 불편하게 한다고. 하지만 나는 이지은에게서 아직 그런 모습을 발견하지 못했다. 그 애는 늘 혼자였으니까. 다른 아이들과 어울리려 하지도 않았다.

아니, 아니다. 다른 아이들이 그 애를 유령처럼 취급했다는 게 맞다. 다미와 친한 아이들은 이지은 쪽으로 눈길도 주지 않았다. 따돌리는 것처럼 보이기도 했지만, 이지은도 그러거나 말거나 신경 쓰지 않는 듯했다. 혼자인 걸 딱히 힘들어하는 것 같지도 않았다. 애들이 무시하는 것만큼이나 이지은도 다른 애들에게 크게 관심이 없어 보였다. 자신을 향해 수군대는 아이들 사이로 고개를 빳빳이 들고 지나가기도 했다. 때로는 그런 이지은이 대단해 보였다. 나는 이지은처럼은 절대 못 할

것 같으니까.

내가 이지은과 수학 모둠이 됐을 때, 아이들은 나를 불쌍한 눈으로 보았다. 다미 절친이 어쩌다 이지은과 같은 모둠이 된 거냐는 말이 들려왔다. 그럴 때마다 나는 가시방석에 앉은 기분이었다. 내가 잘못한 것도 아닌데 마치 큰 잘못을 저지른 것 같았다. 그래서 더욱 이지은을 피하려고 노력했다.

다미가 하고 싶은 말이 많은지 화장실로 가자고 했다. 은밀한 이야기를 나누기에 복도는 적합하지 않다면서 말이다. 복도는 오가는 아이가 많았고, 선생님 눈에 띌 수도 있었다.

화장실에 들어오자마자 다미가 진저리를 쳤다.

"나는 네가 개랑 같이 있는 거, 생각만 해도 소름 돋아."

"그치, 그치. 나도 그래."

예민해진 다미를 달래느라 그렇게 말했지만, 뒤에서 흉보는 건 그리 유쾌한 일이 아니다. 나 또한 소문 때문에 힘들었기에, 그게 얼마나 상처가 되는지 잘 안다. 지금도 연서를 떠올리면 어깨가 움츠러든다. 그리고 그때 나를 따돌렸던 아이들이 아직도 우리 학교에 있다. 그 아이들과는 그럭저럭 인사하고 지내지만, 그렇다고 그때의 상처가 완전히 아문 것은 아니다. 그 아이들이 아무 일 없었다는 듯 내게 인사할 때는 심장이 쿵쿵 심하게 뛰고 속이 울렁거리기도 했다.

이지은은 정말로 아무렇지 않은 걸까? 혹시 그때의 나처럼 학교 오는 게 두렵지는 않을까? 다른 아이들은 다 짝이 있는데 나만 혼자일 때의 느낌을 나는 너무 잘 안다. 친구가 없다는 건 수영을 못하는데 구명조끼도 없이 깊은 물에 던져지는 것이나 마찬가지다. 숨이 막혀서 도무지 살 수가 없다.

다미와 민지가 이지은 험담을 이어 갈 때였다. 화장실 문이 벌컥 열렸다. 우리는 동시에 고개를 돌렸다가 그 자리에 얼어붙었다.

이지은이다. 피하고만 싶었던 그 애가 나타난 것이다.

아주 잠깐 침묵이 흘렀다. 그러다 누군가 얼음땡을 외친 것처럼 나는 허둥거렸고 다미와 민지는 당황해 얼굴을 붉혔다. 그사이, 그 애는 무뚝뚝한 표정으로 우리를 지나쳐 화장실 칸으로 들어갔다.

50

눈이 휘둥그레진 민지가 낮은 목소리로 물었다.

"우리가 욕한 거 들었나?"

나는 간절한 마음으로 고개를 저었다.

'들었으면 어떡하지?'

나는 초조한 눈으로 이지은이 들어간 칸을 보았다. 그
때 골똘히 생각하던 다미가 목소리를 높였다.

"듣든 말든 뭔 상관이야? 진짜 재수 없어."

다미 목소리가 꽤 컸다. 나는 깜짝 놀랐다.

"다, 다미야!"

나는 그만하라는 뜻으로 다미 팔을 붙잡고 말았다. 다
미는 내 손을 뿌리치고 팔짱을 꼈다.

"지가 잘해 봐. 누가 욕해?"

잠시 후, 이지은이 문을 열고 나왔다. 나는 얼굴이 화
끈거려 얼른 눈을 돌렸고, 민지는 헛기침했다. 다미만
팔짱을 끼고 이지은을 쏘아보았다. 그 애는 그러거나 말
거나 신경 쓰지 않았다.

"좀 비켜 줄래? 손 씻어야 해서."

다미는 콧방귀를 뀌며 움직이지 않았다. 눈치를 보던
민지도 자리를 지켰다. 하는 수 없이 내가 살짝 옆으로

걸음을 옮겼다. 이지은은 차가운 눈으로 나를 힐끗 보더니 물을 틀고 손을 씻었다. 다미가 기가 찬다는 눈으로 이지은을 노려보았다. 곧 이지은이 다 씻은 손을 탈탈 털며 아무 일 없었다는 듯 화장실을 나갔다.

다미가 콧방귀를 뀌며 말했다.

"여전히 사람 무시하네? 너무 싫어."

그러더니 나를 향해 매섭게 말했다.

"왜 비켜 줘? 하여튼 너는 너무 착해서 탈이야."

하지만 손 씻는다는데 막고 있을 수도 없잖아. 이렇게 말하고 싶었지만 나는 말없이 입을 꾹 다물었다.

창밖은 봄인데, 화장실은 한겨울처럼 쌩쌩 찬바람만 불었다. 가만 생각해 보면 이런 생각도 든다. 이지은이 다미를 무시한 게 맞나? 먼저 시비 건 쪽은 다미 같은데…….

아니다. 쓸데없는 생각이다. 나는 얼른 고개를 저었다. 나는 무조건 다미 편이어야 한다.

곧 2교시 수업 종이 쳤다. 우리는 복도로 나갔다. 선생님이 교실 앞문에서 우리가 있는 쪽을 바라보고 있었다. 나는 아이들에게 인사를 하는 둥 마는 둥 하고 선생

님 시선을 피해 교실로 걸음을 옮겼다. 다미와 민지도
별 인사 없이 흩어졌다. 어딘지 어수선한 쉬는 시간이
었다.

4
롤러코스터

괴로운 수학 시간은 틈만 나면 돌아온다. 체육이나 미술은 일주일에 두세 번뿐인데 어떻게 된 일인지 수학은 매일 들었다.

이번 단원은 각기둥이 관건이었다. 처음에는 쉬웠는데 전개도 그리기가 시작되자 여기저기서 한숨 소리가 들렸다. 잘하는 아이들과 못하는 아이들이 눈에 띄게 나뉘었다. 벌써 수학익힘책까지 다 푼 아이가 있는가 하면, 기본 문제도 풀지 못해서 쩔쩔매는 아이도 있었다. 나도 한숨만 푹푹 내쉬는 아이 중 하나였다.

선생님은 전개도 그리기를 어려워하는 아이들이 많

이 보이자 안 되겠다고 생각한 모양이다. 칠판에 시선을 주목시키더니 전개도 그리는 방법을 다시 한번 설명했다. 그런다고 쉽게 알아들으면 수학이 싫지 않겠지. 나는 선생님 말을 반도 알아듣지 못했다. 게다가 설명이 너무 빨라서 따라해 보려고 하면 이미 끝나 있었다.

"자, 알겠지?"

선생님이 설명을 마치고 물었지만, 분위기는 싸하기만 했다. 선생님은 허리에 손을 얹고 작게 한숨을 쉬었다. 그게 꼭 나 때문인 것 같아 괜히 교과서에 동그라미만 빙글빙글 그렸다. 선생님은 아이들을 봐주며 또래 도우미에게도 모르는 친구는 알려 주라고 했다. 모둠마다 도우미들의 목소리가 들리기 시작했다. 물론 우리 모둠 애들은 아무도 이지은에게 물어보지 않았다. 나 또한 마찬가지고.

나는 끙끙거리며 혼자 문제를 풀어 보려고 했다. 그때 잠자코 있던 이지은이 나를 힐끔 쳐다보며 말했다.

"삼각기둥 전개도 그리는 게 원래 어려워."

심장이 철렁했다. 설마 나한테 말한 건 아니겠지? 그러나 나머지 모둠원들은 문제를 다 풀었고 나만 풀지 못하고 있었기에 나한테 말한 게 맞는 것 같았다.

'큰일 났다. 뭐라고 대답하지?'

수학 문제보다 이지은이 말 건 게 더 큰 문제였다. 모 둠원들은 내 반응이 궁금한지 나와 그 애를 번갈아 보았다. 나는 대답 대신 수학책을 내 쪽으로 끌어당겼다. 수학책도 백지, 내 머릿속도 백지가 되었다. 당황스럽게도 설명은 거기서 멈추지 않았다.

"이렇게 하는 거야."

이지은이 자기 책을 펼쳐 놓고 전개도 그리는 방법을 설명했다. 나는 어리둥절한 채 그 애의 설명을 들었다.

"할 수 있겠어?"

"어?"

니는 깜짝 놀라 이깨를 떨었다.

"아니……."

설명을 하나도 듣지 못했다.

"다시 설명할게."

이지은이 귀찮은 기색 없이 똑같은 설명을 다시 반복했다. 그제야 조금씩 설명이 귀에 들어왔다.

"해 볼래?"

나는 더듬더듬 전개도를 그렸다. 조금 느리기는 했지만 이지은이 설명해 준 대로 그려 나갔다.

"이렇게 하는 거 맞아?"

눈치를 보며 교과서를 슬쩍 내밀었다. 이지은이 내가 그려 놓은 전개도를 보더니 이번에는 다른 모양으로 하나 더 그려 보라고 했다. 나는 방금 배운 것을 떠올리며 실선과 점선을 차분히 연결해 나갔다.

"다 했어."

"어디 봐."

이지은이 내가 그린 것을 가져갔다.

'이지은이 내 책을 보고 있다니.'

뭔 것도 아닌데 숨이 차올랐다. 이윽고 눈에 힘을 주고 전개도를 확인하더니 내게 수학책을 돌려주었다.

"정답이야."

그러고는 빨간 색연필로 전개도 위에 커다란 동그라미를 그려 주었다.

"잘했어. 다음에도 모르는 거 있으면 혼자 고민하지 말고 물어봐."

그 순간, 나는 눈을 의심했다.

2. 사각기둥의 전개도를 완성해 보시오.

이지은이 빙그레 웃었기 때문이다. 아주 잠깐이었지만 분명히.

'내가 뭘 본 거지?'

이지은이 그렇게 웃는 모습은 단 한 번도 본 적이 없다. 나는 다시 그 애를 힐끗했다. 그 애는 평소와 같은 표정으로 수학익힘책을 풀고 있었다.

기분이 이상했다. 미소가 너무 예뻤다. 저렇게 웃을 줄 알면서 왜 맨날 차가운 얼굴로 다니는 걸까. 문제를 맞혔다는 기쁨보다는 이지은의 의외의 모습을 본 게 더 두근거렸다. 그 순간 나는 화들짝 놀랐다.

'내가 왜 이지은을 좋게 생각하려 하지?'

퍼뜩 정신을 차리고 이지은에게서 시선을 거두었다. 이지은은 그러거나 말거나 문제 푸는 데만 집중했다.

그러고 보면 이지은에 대해 아는 게 많지 않다. 6학년이 되어 처음으로 같은 반이 되었고, 다미가 험담하는 걸 들었을 뿐이다.

다미가 이지은을 저격한 사건은 6학년 사이에서 유명하다. 그때, 다미는 메신저 프로필에 이렇게 썼다.

'자기 멋대로 하면서 상처 주는 너. 난 널 진심으로 대했는데, 넌 날 하나도 생각해 주지 않았어. 인생 그렇게 살지 마.'

다미는 누구를 저격한 건지 말하지 않았지만, 아이들은 다 알고 있었다.

모든 아이가 다미와 친해지고 싶어 했다. 그런 다미와 멀어지는 건 어리석은 행동이었다. 한때 싸웠더라도 잘 지내 보려 했다면 지금처럼 최악의 관계가 되지는 않았을 텐데. 이지은은 이후로도 다미를 본체만체했고, 그게 다미를 더욱 화나게 했다.

물론 이건 다미 입장에서의 이야기다. 하지만 나로서는 다미 말을 믿을 수밖에 없다. 우리는 베프 중의 베프니까. 그래서 이 상황이 너무 불편하다. 절친의 원수에게 도움을 받은 것이나 마찬가지다. 다미를 배신한 것 같아 마음이 편치 않았다.

한편으로는 복도나 화장실에서 친구들과 떠들다 들어오면 나도 모르게 이지은에게 눈길이 갔다. 문득문득 수학 시간의 미소가 떠올라 신경 쓰였다. 악당은 영원히 악당이어야만 하는데, 악당이 남몰래 좋은 일 하고 다니는 걸 엿본 기분이었다. 그렇다고 그 애와 잘 지내고 싶은 마음은 없었다. 더는 엮이고 싶지 않았는데……

원수는 외나무다리에서 만난다고 했던가. 또 한 번 그 애와 엮이게 되었다. 그것도 하필이면 가장 중요한 순간에.

댄스 학원은 내가 가장 좋아하는 곳이다. 체육 시간이나 쉬는 시간보다도 학교 끝나고 댄스 학원 가는 시간이 더 좋다. 댄스 학원에는 내가 좋아하는 것이 가득하니까.

나는 다섯 살 때부터 춤을 췄다. 엄마 휴대전화로 영상을 틀어 놓고 아이돌 언니, 오빠 들의 춤을 따라 했다. 사실 춤보다 몸부림에 더 가까웠지만 그래도 나는 언제나 춤이 좋았다.

이런 내게 엄마는 자꾸 댄스 학원을 그만두라고 한다. 돈이 많이 든다면서 말이다. 엄마는 나한테 춤이 어떤 의미인지 알지도 못하면서. 아이돌 할 것도 아닌데 뭘 계속 배우냐고 하지만, 나는 춤이 좋다. 춤출 때만큼은 잡생각이 나지 않는다. 춤을 출 때면 내가 꼭 대단한 사람이 된 것만 같다.

송 쌤도 좋다. 일단 내 춤 선이 예쁘다고 칭찬해 줬다. 송 쌤 덕분에 춤 실력도 많이 늘었다. 쌤은 원래 유명 아이돌의 백댄서였는데, 은퇴하고 지금은 아이들을 가르친다. 쌤의 멋진 춤 솜씨를 보고 있으면 입이 떡 벌어진다. 나도 나중에 송 쌤 같은 멋진 춤 선생님이 되고 싶다.

무엇보다 춤을 배운 덕에 '가디언스'를 알게 되어서 좋다. 가디언스는 여섯 명으로 구성된 남자 아이돌 그룹으로 송 쌤이 소개해 줬는데, 내 인생 아이돌이 됐다. 그리 유명하지는 않지만 그래서 더 소중한 나만의 아이돌 가디언스! 가디언스의 춤을 출 수 있어서 얼마나 행복한지 모른다.

게다가 다미도 올해 우리 학원에 등록했다. 다미와 학원에 다니면서 나를 무시하던 아이들이 눈에 띄게 줄었다. 이게 다미의 힘일까?

다미의 절친이라는 건 좋으면서도 한편으로는 늘 불안했다. 연서처럼 다미도 나를 떠나갈까 봐.

오늘도 학교 끝나고 다미와 댄스 학원에 왔다. 새 안

무를 배우는 날이라 집중해서 따라 해야 했다. 그런데 어쩐지 오늘은 딴생각에 빠져 자꾸 안무를 틀렸다. 중간에 다미가 새로 배우는 안무가 어렵다고 말을 걸어서 나까지 안무를 놓치고 말았다. 아닌 척하며 곁눈질로 아이들을 훔쳐보고 있을 때였다. 송 쌤이 음악을 멈췄다.

"잠시 쉬다가 할까?"

아이들이 화장실이나 정수기 쪽으로 우르르 몰려 나갔다. 나도 다미와 물을 마시러 나가려 했다.

"은하야, 선생님 좀 볼까?"

"네?"

보통은 송 쌤이 보자고 하면 냉큼 쫓아가는데 지금은 다미가 내 팔짱을 끼고 있어서 쉽지 않았다. 다미는 자기도 궁금하다는 눈치였다.

송 쌤이 다미에게 나직이 말했다.

"다미야, 은하에게만 따로 할 말이 있으니 잠깐 자리 좀 비켜 줄래?"

다미는 떨어지기 싫은지 입술을 살짝 삐죽였지만, 곧 고개를 끄덕였다.

"다미야, 금방 갈게."

나는 물을 마시러 가는 다미에게 손을 흔들고는 상담실로 향했다.

'설마 연습할 때 다미와 잡담한 것 때문에 그러시나?'

다미와 같이 다니고부터 집중력이 떨어진 건 사실이다. 다미가 학원에 다니기 전에는 오직 춤추는 데만 온정신을 쏟았다. 다미를 만나기 전까지 춤은 내 전부였으니까.

"은하야, 너 오늘 무슨 일 있어? 남친하고 싸우기라도 한 거야?"

"아, 쌤! 저 남친 없어요!"

내가 화들짝 놀라자 쌤이 쿡쿡 웃으며 말했다.

"농담이야. 그런데 오늘따라 너답지 않게 왜 자꾸 안무를 틀려?"

이미 눈치채셨구나. 역시 춤에서만큼은 양보가 없는 송 쌤이다.

"별일 아니에요……."

나는 오늘 학교에서 있었던 일을 떠올렸다. 얼마 뒤 있을 현장 체험 학습을 주제로 학급 회의를 했다. 버스 자리 짝을 어떻게 정할 것인지가 첫 번째 안건이었다.

아이들 대부분 원하는 사람과 같이 앉아 가고 싶어 했다. 나 역시 그랬다. 투표 결과, 당연히 원하는 사람과 앉아 가는 것으로 결정됐다.

문제는 놀이공원에서 같이 다닐 모둠을 구성할 때 벌어졌다. 담임 선생님이 놀이공원 모둠만큼은 버스 자리와는 다른 방식으로 정하겠다고 했다.

"놀이기구를 잘 타는 친구들은 잘 타는 친구끼리, 못 타는 친구들은 못 타는 친구끼리 모둠을 구성하겠어요."

선생님은 놀이기구를 무서운 순으로 네 단계로 나눈 다음, 아이들이 탈 수 있는 단계를 조사했다. 그리고 같은 단계끼리 모이라고 했다. 나는 3단계까지 타는 아이들 무리에 속해 있었는데, 총 일곱 명이었다. 일곱 명이 편 가르기를 해서 모둠을 두 개로 나눈 결과, 나는 두 명의 남자아이 그리고 한 명의 여자아이와 모둠이 되었다. 그 한 명의 여자아이가 바로 이지은이었다.

왜 하필 또 이지은인지, 다시 생각해도 한숨이 나오는 결과다. 즐거워야 할 현장 체험 학습이 더는 기다려지지 않았다. 나는 맥 빠진 목소리로 송 쌤에게 말했다.

"쌤, 너무너무 불편한 사람이랑 놀이공원에 가면……

어떨까요?"

선생님은 잠시 생각에 빠졌다.

"글쎄. 선생님은 어딜 가느냐보다 누구랑 가느냐가 중요해서. 불편한 사람이랑 가면 당연히 싫지."

"그죠? 완전 싫겠죠?"

나는 울상을 지었다.

"왜 그래? 이번에 현장 체험 학습 가는 것 때문에 그래? 누구랑 가는데?"

말하고 싶은 마음은 굴뚝같지만, 송 쌤에게 그런 말을 하고 싶지는 않았다. 누군가를 멀리하는 게 옳은 행동은 아니니까. 송 쌤에게는 늘 좋은 제자이고 싶었으니까.

나는 애써 입꼬리를 올리며 고개를 저었다.

"아무것도 아니에요."

"그래, 너무 실망하진 마. 때론 싫은 사람이 좋은 사람이 되기도 하고, 좋은 사람이 싫은 사람이 되기도 하는 거니까."

송 쌤은 더는 캐묻지 않았다. 그 대신 기분 좋은 소식을 전해 주겠다고 했다.

"우리, 틴틴 페스티벌 예선 통과할 것 같아."

"정말이요?"

종일 우울할 뻔했는데 갑자기 기운이 솟아났다. 아는 분을 통해 우리 팀이 본선에 진출할 것 같다는 이야기를 들었단다. 이 기쁜 소식을 나에게 가장 먼저 알려 준 것이다.

선생님은 예선 통과는 시작일 뿐이라며, 이제 본격적으로 본선 준비를 해야 한다고 했다. 본선에서 좋은 결과를 얻기 위해서는 리더의 역할이 중요하다는 말도 덧붙였다.

"선생님은 은하 네가 우리 학원 에이스라고 생각해."

갑작스러운 칭찬에 몸 둘 바를 몰랐다. 송 쌤이 나를 인정해 준다는 게 말도 못 하게 기뻤지만 한편으로는 어깨가 무거웠다. 그런데 대체 무슨 이야기를 하려는 걸까.

"은하 네가 본선에서 센터를 맡아 줬으면 좋겠어."

"네? 제가요?"

아마 내 눈이 두 배는 커졌을 것이다. 센터는 대형의 한가운데, 그러니까 가장 눈에 띄는 자리에서 춤추는 사람을 말한다.

"네가 우리 초등부에서는 배운 지 가장 오래됐고, 최고 학년이잖아. 선생님은 은하가 팀을 이끌어 줬으면 좋겠어."

송 쌤이 따뜻한 눈으로 나를 보았다. 그 믿음이 마음 깊이 느껴졌다. 코끝이 찡해지고 가슴이 뭉클했다. 나는 힘차게 고개를 끄덕였다.

"네, 열심히 해 볼게요!"

쌤도 나를 따라 흡족한 미소를 지었다.

상담실에서 나오자마자 다미가 다가왔다.

"무슨 일?"

다미는 몹시 궁금한 눈치였다. 나는 뭐라고 답해야 하나 조금 고민했다. 쌤이 센터를 맡는 건 아직 비밀로 하라고 했기 때문이다. 예선 결과가 공식적으로 발표되면 그때 말할 거라고 하셨는데……. 다미에게 거짓말하긴 싫지만, 이번엔 잘 둘러대야 했다.

"집중 못 해서 조금 혼났어."

완전히 틀린 소리는 아니니까. 그러나 다미는 입을 삐죽 내밀었다.

"당연한 거 아니야? 이지은이랑 같이 다니게 생겼는데 집중이 되겠어?"

다미는 내가 이지은과 같은 모둠이 됐다는 걸 듣자마자 우리 반 선생님에게 분노를 터뜨렸다. 자기 반 선생님은 자유롭게 모둠을 구성할 수 있게 해 줬는데 너희 반 선생님은 왜 그러느냐며 한참 동안 흥을 봤다. 나도 다미 말에 어느 정도 동의한다. 우리 반 선생님은 우리 마음을 몰라도 너무 몰라준다.

하지만 선생님 말이 아예 틀린 건 아니다. 놀이기구 타는 레벨이 비슷하면 확실히 다니기 편할 것이다. 무서운 기구 타는 친구들 기다리느라 시간 낭비하는 일도 없을 것이고. 그렇지만 다미는 내 친구니까 나는 다미 편을 들어야 한다.

"너희 담임이 모둠끼리 점심 먹고 인증 사진도 보내라고 했다며? 뭐, 그런 걸 다 하냐?"

다미는 이해가 가지 않는다며 고개를 내저었다. 내 잘못도 아닌데 괜히 다미에게 미안했다. 씩씩 콧김을 내뿜던 다미가 내게 넌지시 물었다.

"너 설마 정말로 이지은이랑 같이 점심 먹을 생각은

아니지?"

"어?"

고민이 됐다. 뭐라고 말해야 하지? 사실 다미가 원하는 대답은 정해져 있다. 나도 안다. 그러나 그 대답을 하게 되면 지키지 못할 약속을 하는 걸지도 모른다. 선생님이 분명 인증 사진을 요구할 텐데 내 맘대로 규칙을 어기고 싶지는 않다.

내가 머뭇거리자 다미가 내 팔짱을 꼈다.

"개랑 같이 먹지 마. 그냥 나랑 먹어."

"으응…… 당연하지."

내 대답에 다미가 흡족한 미소를 지었다. 나도 따라 웃었지만, 머릿속은 점점 복잡해졌다. 아직 놀이공원에 간 것도 아닌데 기분이 좋았다 나빴다, 롤러코스터를 타는 것만 같았다.

5
혼자는 할 수 없는 일

드디어 현장 체험 학습 날이 밝았다. 어젯밤 대화방에서 다미, 민지와 심각한 토론을 벌였다. 하필 어제 구입한 크롭 티를 다미 엄마가 빨아 버렸단다. 다미가 어제 학교에 입고 왔다가 점심 급식으로 나온 카레를 흘렸기 때문이다.

다미가 크롭 티를 못 입는데 민지와 나만 입는 건 좀 그랬다. 다미는 다른 옷을 맞춰 입자고 했다. 결국 우리는 흰색 후드 티에 통이 넓은 청바지로 코디를 통일하고, 놀이공원에서 똑같은 머리띠를 사서 쓰기로 했다. 다들 내일 보자며 인사하고 메시지를 끝냈다.

자려고 누웠는데 갑자기 불안해지기 시작했다.

'이지은이랑 잘 다닐 수 있을까?'

이런저런 걱정으로 뒤척이다 새벽 두 시가 넘어서야 겨우 잠이 들었다.

걱정은 꿈에서도 이어졌다. 이지은이 나와 같이 다니기 싫다며 혼자 가 버리는 꿈이었다. 선생님이 왜 모둠끼리 다니지 않느냐며 나에게만 엄청 뭐라고 했다. 그제야 이지은을 찾아다녔지만, 그 애는 어디에도 보이지 않았다. 꿈에 다미도 등장했다. 왜 이지은과 친하게 지내냐며 엉엉 우는데, 달래느라 진땀을 뺐다.

아침에 일어났을 때는 잠을 설쳐서인지 잔 것 같지 않았다. 밖은 평소보다 밝은 느낌이었다. 길이 멀어 일찍 출발하니 여덟 시까지 오라고 했던 가정 통신문 내용이 생각났다. 친구들과 일곱 시 삼십 분에 만나 같이 등교하기로 했다. 그런데 벌써 일곱 시 십 분이었다.

"으아, 큰일 났다!"

거실로 나가니 엄마, 아빠는 방에서 세상모르고 잠들어 있었다. 오빠도 아직 꿈나라에 있었다. 이럴 때는 가족이 원망스럽다. 아니다, 누굴 탓하랴. 제때 일어나지

못한 내 잘못이지. 나는 부랴부랴 준비를 마치고 밖으로 뛰어나갔다.

놀이공원까지 버스로 한 시간 반이 걸렸다. 중간에 멀미를 심하게 하는 아이도 있었다. 그래도 대부분은 들떠 있었다. 신나게 놀 생각에 진정되지 않는 모양이다. 버스 안에서는 나도 즐거웠다. 친구들과 이야기도 나누고 음악도 들었다.

다미, 민지와도 계속 메시지를 나눴다.

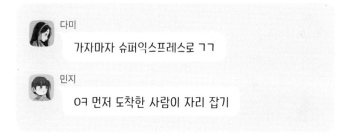

다미와 민지는 같이 다닐 거라고 했다. 옆 반 선생님은 다른 반 애들과 같이 다니는 걸 허락해 준 모양이다. 대놓고 같이 다니는 건 안 되지만, 중간중간 합치는 건 괜찮다면서 말이다. 문제는 우리 선생님이었다. 선생님

은 같은 모둠끼리만 다녀야 한다고 못을 박았다.

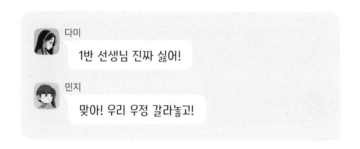

은하
나는 같이 못 타겠네. ㅠㅠ

내가 실망한 마음을 내보이자 다미와 민지도 'ㅠㅠ'를
연달아 올렸다.

다미
1반 선생님 진짜 싫어!

민지
맞아! 우리 우정 갈라놓고!

그래도 어떻게든 만나 보기로 약속했다. 메시지를 나
누면서 같이 다닐 기회를 엿보기로 말이다. 말은 고마
웠지만, 과연 가능할까 하는 의문이 들었다. 선생님한테
들키면 꾸중을 들을 거다.

사실 이지은이 마음에 걸렸다. 나를 빼면 여자아이는
이지은 혼자인데, 남자아이 둘 사이에서 어색하지는 않

을까? 별 쓸데 없는 걱정이라는 건 나도 안다. 다미, 민지가 알게 되면 큰일 날 소리이기도 했다. 그래도 걱정이 됐다. 이래저래 고민이었다.

드넓은 놀이공원에 들어서자 가슴이 뻥 뚫리고 기분이 나아졌다. 벌써 줄이 길어서 조급해지기도 했다. 우리도 얼른 들어가서 재미있는 놀이기구부터 찜해야 할 텐데! 그러나 선생님은 안전과 질서, 학교 폭력 예방 교육을 한 차례 더 했다.

"무슨 일이 있어도 같이 다니고, 혹시 비상 상황이 발생하면 곧바로 선생님한테 전화해."

안달 나 있던 아이들이 흩어지라는 말이 떨어지기 무섭게 우르르 달려갔다. 하지만 우리 모둠만은 출발하지 못하고 쭈뼛거렸다. 다른 모둠과 달리 우리 모둠은 어디를 먼저 갈지 미리 의논하지 않았다. 동하와 민우는 줄이 길어질까 봐 걱정되는지 눈살을 찌푸렸다.

"빨리 가자. 이러다 사람 더 많아지겠어."

"뭐부터 탈 건데?"

이지은의 질문에 남자아이들은 눈치를 살피면서 아무거나 먼저 타도 된다고 했다. 그러자 이지은이 나를 보았다. 나는 불에 덴 듯 화들짝 놀라 말했다.

"나도 아무거나 타도 되는데……."

"아무거나 말고. 자기 생각이 있어야지."

이지은은 휴대전화를 꺼내 우리가 탈 수 있는 놀이기구 목록을 쭉 읊어 준 뒤, 자기가 타고 싶은 것과 절대 타고 싶지 않은 것을 말했다.

"너희도 얘기해 봐."

동하와 민우가 몇 개의 놀이기구를 말했다. 이번에는 내 차례였다.

"나는 워터라이드……."

이지은이 의견을 모으더니 놀이공원 앱을 이용해 대기 시간이 가장 짧은 것부터 말해 주었다.

"제일 빨리 탈 수 있는 건 워디라이드. 어때, 괜찮아?"

남자아이들이 좋다고 했고 나도 고개를 끄덕였다.

"좋아, 그럼. 워터라이드 타러 가자. 출발!"

이지은이 앞장섰고 남자아이들의 발걸음도 가벼워 보였다.

'뭐야, 이지은. 오늘 되게 신났네.'

평소와는 전혀 다른 모습이 조금 낯설었다. 하지만 싫

지만은 않았다. 나와 다르게 화끈한 모습도 있고, 좋고 싫음도 분명해 보였다. 생각보다 멋졌다.

"뭐 해, 빨리 안 오고!"

이지은이 나를 돌아보며 소리쳤다.

"응, 갈게!"

나도 걸음을 빨리했다.

틈틈이 앱을 확인하며 적당히 기다리면 탈 수 있는 놀이기구를 공략했다. 덕분에 오전 중에 꽤 많은 놀이기구를 탈 수 있었다. 그러는 중에도 나는 계속 친구들과 메시지를 주고받았다. 놀이기구를 하나 타고 나오면 다미와 민지가 보내 놓은 메시지가 가득이었다. 다미는 줄이 너무 길어 한 시간째 기다리고 있다며 불만이었다. 둘은 같이 있는지 함께 찍은 사진도 잔뜩 올려 놓았다.

다미
은하는 왜 대답이 없어? 놀이기구 타는 거야?

민지
은하야, 보고 싶어! 어서 우리 쪽으로 와!

나도 서둘러 답장을 보냈다.

은하

나도 보고 싶어. ㅠㅠ

그러나 솔직히 말하면, 타지도 못하는 놀이기구 앞에서 한 시간 넘게 기다리는 것보다는 탈 수 있는 걸 여러 개 타는 게 더 즐거웠다. 같이 다녀 보니 이지은도 나쁘지 않았다. 꿈에서와는 달리 친절하다고 해야 할까? 범퍼카를 타면서 활짝 웃기도 했고, 간식을 쏘기도 했다. 그러다 보니 자연스레 대화가 오갔다.

"어? 저기 퍼레이드 한다. 대박, 토끼 인형 좀 봐!"

이지은이 토끼 인형이 너무 귀엽다며 함박웃음을 지었다. 나도 함께 웃었다. 이런 시간을 보낼 거라고는 생각하지 못했는데. 전에 알던 이지은이 맞나 싶었다. 아니면 이지은에 대해 하나도 모르면서 다 알고 있다고 착각한 걸지도 모르겠다.

다미가 싫어하는 아이, 그래서 나 또한 싫어해야 하는 아이. 그런데 이걸 어쩌면 좋지? 나는 그런 이지은이 궁

금해졌다. 그러자 몇 가지 의문이 뒤따랐다.

다미는 왜 이지은을 싫어하는 걸까? 도대체 두 사람 사이에 무슨 일이 있었던 걸까?

어느덧 점심시간이 다가왔다. 남자아이들은 점심을 조금 늦게 먹더라도 놀이기구를 더 타고 싶어 했다.

"다들 점심 먹을 때 줄이 짧아지니까 지금이 기회잖아."

틀린 말은 아니지만 나는 조금 쉬고 싶었다.

"그럼 너희끼리 다녀와."

이지은도 쉬고 싶은 모양이었다. 그 대신 선생님에게 보내야 하니 인증 사진을 먼저 찍기로 했다. 우리는 근처 식당에 둘러앉아 사진을 찍었디. 선생님에게 사진을 보내고 나서 이지은은 남자아이들에게 가 봐도 좋다고 했다. 남자아이들은 다시 만날 장소와 시간을 정하고 바람처럼 사라졌다. 그러자 이지은과 나, 둘만 남게 되었다. 왠지 모르게 어색해졌다.

내가 먼저 물었다.

"우린 이제 뭐 할까?"

"배고픈데 밥 먹어야지. 뭐 먹고 싶어?"

"넌 뭐 먹고 싶은데? 난 아무거나 괜찮아."

"또 아무거나. 상대방은 그게 제일 어렵다니까. 그럼 햄버거 먹을까?"

나도 햄버거를 좋아해서 고개를 끄덕였다. 그러면서도 그 애를 유심히 관찰했다. 결정에 거침이 없는 이지은. 이런 점이 내게는 멋져 보였다. 나는 내가 싫더라도 맞춰 주는 쪽을 택하는데 그래서 힘들 때도 많다. 반면에 오늘 하루 지내 보니, 이지은은 싫은 건 싫다고 말할 줄 아는 아이였다. 어떻게 보느냐에 따라 좋지 않게 보일 수도 있었다. 다미는 이런 점을 두고 '제멋대로'라고 말한 걸까?

햄버거집으로 향하면서 내내 고민했다. 다미와 왜 싸운 건지 물어보고 싶었다. 그래서 나도 모르게 이지은을 자꾸 힐끔거렸나 보다.

"왜 자꾸 훔쳐봐? 할 말 있어?"

"아, 아니!"

나는 화들짝 놀라 손사래를 쳤다. 그러나 한숨을 내쉬며 이실직고했다.

"사실 나 궁금한 게 있어."

"궁금한 거? 나한테?"

"응, 너한테."

이지은이 고개를 갸우뚱했다.

"뭔데?"

"그게 말이지……. 너, 다미랑……."

그때였다. 누군가 큰 소리로 나를 불렀다.

"은하야!"

목소리만 들어도 누군지 알 수 있었다. 평소라면 너무 반가웠을 목소리. 그런데 오늘은 심장이 철렁했다.

"다, 다미야! 민지야!"

두 사람 표정이 심상치 않았다. 특히 다미는 팔짱을 낀 채 인상을 찌푸리고 있었다. 내 바로 옆에 이지은이 있는데 다미와 민지 표정이 좋을 리 없었다. 다미가 휴대전화를 터치하자 곧 내 휴대전화가 울렸다.

"응, 다미야……."

"너 이지은이랑 둘이 다녔어?"

날카로운 목소리가 귓가를 파고들었다.

"아, 아니! 방금까지 남자애들이랑 있었는데, 갑자기

자기들끼리 타겠다고 갔어."

"진짜? 그래도 되는 거야?"

"그런가 봐……."

나는 모호하게 둘러댔다. 이지은은 딴청을 부리는 건지 정말로 볼 게 있어서인지 반대 방향을 바라보고 있었다.

휴대전화 너머로 다미의 코웃음이 들려왔다.

"너희 쌤 웃기다. 안 된다고 할 때는 언제고. 그럼 너도 이리 와. 우리랑 같이 다녀."

그 애를 궁금해했던 마음이 다미 한마디에 싹 사라졌다. 나는 큰 잘못을 저지른 사람처럼 기어들어 가는 목소리로 물었다.

"나, 친구들이 같이 다니자고 해서……."

"알았어, 가 봐. 대신 우리 모둠 만나는 시간이랑 장소는 꼭 기억하고."

"그, 그야 당연하지!"

다미, 민지에게로 허겁지겁 걸음을 옮기던 나는 잠시 걸음을 멈추었다.

"저기…… 넌 뭐 할 거야?"

이지은이 혼자 있을 모습을 생각하니 미안해졌다.

"나? 남자애들 찾아가지, 뭐."

"괜찮겠어?"

그러자 그 애는 뭘 그런 걸 묻느냐는 듯 피식 웃었다.

"괜찮아."

"배려해 줘서 고마워."

이걸 배려라고 할 수 있나. 지금 상황에서 나더러 가지 말라고 붙잡는 것도 이상해 보일 것이다. 신경이 쓰였지만 나는 오래 고민하지 않기로 했다. 다미가 지켜보고 있으니까. 나는 서둘러 다미에게로 달려갔다.

다미가 내 팔짱을 끼며 이지은을 흘겨봤다.

"둘이 뭐 하고 있었어?"

나는 어깨를 으쓱했다.

"뭐, 그냥……. 별로 한 거 없어."

"대답이 어색한데? 이지은이랑 재밌었나 봐?"

다미 표정이 왠지 싸늘했다.

"아, 아니! 재밌긴, 하나도 재미없었어."

나는 호들갑스럽게 손사래를 쳤다.

"이지은이랑 다니느라 피곤해 죽을 뻔!"

그제야 다미 표정이 풀렸다. 다미가 내 손을 꼭 잡으며 말했다.

"난 네가 쟤랑 친해지는 거 싫어. 넌 내 베프잖아."

베프. 내가 제일 좋아하는 말인데 오늘만큼은 너무 불편한 말이었다. 다미 손을 맞잡는 기분도 평소와는 달랐다.

나는 다미 몰래 이지은에게 메시지를 남겼다.

은하

남자애들이랑 얼른 만나길 바랄게.

그 애는 'ㅇㅇ' 하고 짧은 답장만 보낼 뿐, 다른 말은 없었다.

다미, 민지와 같이 다니는 내내 찜찜했다. 두 사람이 너무 무서운 기구만 타서 나는 아무것도 타지 못하고 기다리는 시간도 길었다. 지루한 시간이었다.

이윽고 모둠 아이들과 만날 시간이 되었다. 부랴부랴 약속 장소로 가니 이지은이 기다리고 있었다. 남자아이들은 보이지 않았다.

내가 주위를 두리번거리며 물었다.

"남자애들은?"

"아직 안 왔어. 시간 좀 남았으니까 기다리면 오겠지."

그 말에 나는 깜짝 놀랐다.

"걔들이랑 다시 안 만났어?"

"응."

그렇다면 여태 혼자 있었다는 소리다. 말문이 턱 막혔다. 내가 꼭 못된 짓을 한 것만 같아 너무 미안했다. 하지만 이지은은 오히려 별거 아니라는 반응이었다.

"난 좋았어. 내가 타고 싶은 놀이기구만 골라서 탈 수 있고."

"혼자서 탔다고? 설마 밥은?"

"혼자 먹었지."

세상에. 만약 내가 혼자였다면 절대 할 수 없는 일이다. 혼자 놀이기구를 타고 밥을 먹다니. 혼자가 된다는 건 생각만으로도 싫다. 그런데 그 애는 정말로 아무렇지 않아 보였다. 도대체 혼자서도 뭐가 그리 씩씩한 건지.

6
말도 안 되는 장난

4교시 마치는 종이 울렸다. 오전 수업이 끝나자 지쳐 있던 아이들이 활기를 띠었다. 드디어 점심시간이다. 게다가 오늘은 6학년이 운동장을 써도 되는 날이다. 남자 아이들은 점심을 먹자마자 뛰어나갈 생각으로 엉덩이를 들썩였다.

배식 당번 중 두 명이 급식 차를 가지러 갔다. 그동안 나머지 배식 당번은 앞치마와 배식 모자, 비닐장갑을 꼈다.

나도 이번 주 배식 당번이다. 오늘은 아이들이 좋아하는 치킨이 나왔는데 내가 맡게 됐다.

한 사람당 두 조각이라는 원칙이 있지만 생각보다 양이 많아서 선생님은 적당히 더 나누어 줘도 된다고 했다. 그러다 보니 더 달라는 요구가 많았다. 하나만 더 주면 안 되겠느냐고 애원하는 아이가 있는가 하면 왜 이것밖에 안 주느냐며 인상을 쓰는 아이도 있었다. 그러나 대부분은 "역시 은하 최고!"라고 아부하며 어떻게든 한두 조각씩 더 받아 갔다.

그렇게 배식을 이어 가고 있을 때였다. 이지은이 급식판을 들고 줄을 섰다. 나는 입이 바싹 말랐다. 요 며칠 이어지는 증상이었다.

요즘 나는 이지은 옆모습만 보여도 자리를 피했다. 수학 시간 또래 도우미 활동 때는 모르는 게 있어도 묻지 않았다. 아무리 그래도 놀이공원에서 혼자만 두는 게 아니었는데. 내가 못 할 짓을 한 것만 같았다. 정작 그 애는 예전이나 지금이나 달라진 게 없었다.

이지은이 식판을 들고 내 앞에 섰다. 나는 집게로 치킨을 집으며 눈치를 살폈다. 나는 긴장한 손으로 이지은 식판 위에 치킨을 올려 놓았다. 한 조각, 두 조각 그리고 한 조각을 더 집으며 물었다.

"더 줄까?"

"아니, 괜찮아."

더 받고 싶어도 말을 못 하는 건 아닐까? 그럴 성격은 아니지만 내가 배식 당번이 아니었어도 그랬을까? 나한테 섭섭한 게 있을지도 모른다. 나는 돌아서려는 그 애를 다급히 불러 세웠다.

"잠깐만! 더 줄게. 더 받아 가!"

나는 치킨 몇 조각을 이지은 식판에 더 올려 놓으려 했다.

"아니, 나 진짜 괜찮은데."

내가 집게를 놓는 순간, 이지은이 무심결에 식판을 뒤로 뺐다. 그 바람에 치킨이 바닥으로 떨어져 버렸다. 지켜보던 아이들이 아깝다며 탄식을 내뱉었다. 선생님도 눈살을 찌푸렸다.

"은하야, 왜 그래?"

"죄송합니다."

나는 떨어진 치킨을 서둘러 주웠다. 그 애는 그런 나를 물끄러미 바라보다가 자리로 돌아갔다. 후회가 몰려와 입술을 깨물었다. 그냥 가만히 있을걸. 괜히 친절을

베풀려다가 엉뚱한 실수만 한 것 같았다.

　점심 식사를 마치고 급식 차를 정리했다. 바닥에 떨어진 음식물을 닦고 있는데 다미와 민지가 우리 반 앞문에 서서 내게 손짓했다.
　"은하야, 나와."
　선생님이 교실에 있어서 눈치가 보였다.
　"금방 나갈게, 이것만 닦고."
　"청소 너무 열심히 하면 키 안 큰대. 얼른 나와."
　선생님이 들었는지 다미를 힐긋했다. 다미는 씩 웃으며 "안녕하세요!" 크게 인사를 했다. 붙임성 좋은 다미는 싫어하는 선생님에게도 인사를 잘한다.
　청소를 마친 나는 다미, 민지와 함께 운동장으로 나왔다. 우리는 벤치에 앉아 이야기를 나누었다. 오늘의 주제는 급식이었다. 다미네 반 급식에서 또 이물질이 나왔다고 한다. 전에는 머리카락이 나오더니 이번에는 비닐이었다는 둥, 급식 배식을 왜 학생이 해야 하는지 모르겠다는 둥. 평소 자주 하던 이야기였는데, 오늘따라 끼고 싶지 않았다. 아까 치킨을 떨어뜨린 장면만 머릿

속에서 계속 되풀이됐다.

"은하야, 무슨 일 있어?"

급식할 때 있었던 이야기를 꺼낼까 말까. 며칠째 왜 이리 마음이 무거운지 모르겠다. 급식도 급식이지만, 현장 체험 학습 때 그 애를 혼자 둔 게 소화하지 못한 음식처럼 마음속에 더부룩하게 걸려 있었다. 다미가 말하던 이지은과 내가 겪은 이지은이 너무 달라서 머릿속이 복잡했다.

나는 다미를 바라보았다. 뭐가 고민이냐는 듯 걱정스레 나를 바라보는 눈빛. 그 눈빛을 보고 있으니 차마 이지은을 좋게 말할 수 없었다. 그랬다간 다미가 상처받을 테니까. 이런 다미를 두고 그 애를 두둔할 수는 없었다. 둘 중 하나를 택해야 한다면, 고민할 것도 없이 다미여야 한다. 나는 입술을 앙다물었다.

'그래, 확실하게 선을 긋자.'

그래서 말을 꺼냈다. 내 마음을 확실히 정하려고.

"나 오늘 치킨 배식했거든. 그런데 이지은이 내 배식 받기 싫은지 식판을 뒤로 빼는 거야. 그래서 바닥에 다 흘리고 말았어. 다른 애들은 더 달라고 난리였는데."

괜찮다고 했는데도 내가 더 주려 했다는 말은 쏙 뺐다. 내 예상대로 다미와 민지는 분노를 참지 않았다.

"배려 없고 제멋대로인 건 여전하구나?"

"그래서 치킨 흘린 건 걔가 치웠어?"

"아니, 내가."

"뭐? 야, 네가 그걸 치우면 어떡해! 아무튼 이지은 싸가지! 착한 우리 은하만 고생이야."

험담은 거기서 끝이 아니었다.

"걔, 요새도 운동복만 입고 다녀?"

"머리도 짧게 잘라서 멀리서 보고 남자인 줄."

"피부도 완전 새까맣고 푸석해. 선크림이라도 좀 바르고 다니지."

다미와 민지는 속이 시원한 듯 키득거렸다. 이지은이 운동복만 입고 다니는 건 테니스 때문이라고 들었다. 그러므로 다미와 민지의 말은 사실 좀 억지스러웠다. 그러나 미워하는 데 합당한 이유는 필요 없다. 함께 욕할 친구만 있다면, 그것은 곧 진실이 된다.

문제는 나였다. 흉보는 건 내가 시작해 놓고, 도무지 견딜 수가 없었다.

"나 갑자기 배가……. 화장실 좀."

핑계를 대고 도망치듯 화장실로 와 버렸다. 나는 변기칸에 들어가 바닥에 쪼그려 앉았다. 한숨이 절로 나왔다.

'정은하, 너 참 못됐어.'

혼자 있는 그 애를 볼 때, 외로움에 떨던 내 모습이 생각날 때가 있었다. 내가 이러면 안 되는데……. 한편으로는 왜 이렇게까지 이지은을 신경 쓰나 싶었다. 어차피 잠깐 스치고 말 아이인데. 나중에 돌이켜 보면 이렇게 고민하는 게 어리석은 일일지도 모르겠다.

5교시 음악 시간은 좋아하는 음악 소개하기 수업이었다. 선생님이 태블릿 피시를 한 대씩 나눠 주었다. 추천하는 음악을 좋아하게 된 이유와 함께 사연 형식으로 작성해서 온라인 클래스에 올리면 된다. 일명 '61라디오'.

아이들이 태블릿으로 음악을 찾았다. 여기저기서 음악 소리가 흘러나왔다. 나는 두말할 것도 없이 '가디언스'의 노래를 소개하기로 했다. 그중에서도 대표곡이자 데뷔곡인 〈나의 가디언〉을 택했다. 외로울 때 정말 많이 들었던 노래다. 좋아하는 이유도 적었다.

'언제나 나를 지켜 주는 가디언이 존재한다는 가사가 좋아서. 속상한 일이 있을 때 가디언스의 노래를 듣고 있으면 어느새 마음이 편해지고 기운이 난다.'

잠시 후, 선생님이 자기가 올린 음악을 소개하는 시간을 갖겠다고 했다. 누가 먼저 해 보겠냐는 말에 서로 눈치만 살피고 있으니 선생님이 제비뽑기 프로그램을 실행시켰다. 그렇게 차례차례 아이들이 불려 나가던 중, 이지은 차례가 다가왔다.

이지은이 앞으로 나가자 아이들이 입을 꾹 다물고 미소를 거두어들였다. 어색하고 서먹한 기류가 흘렀다.

"제가 소개하고 싶은 곡은 가디언스의 〈나의 가디언〉이라는 곡입니다."

가디언스라고? 나는 귀를 의심했다.

"이 곡은 가디언스의 세계관을 소개하는 가장 중요한 곡입니다. 현실에서 왕따를 당해 고통받던 내가 힘없이 걸어가다 교통사고를 당합니다. 그러다 깨어나 보니 병원이 아니라 드림피아라는 판타지 세계였습니다. 그곳은 수많은 괴물이 우글거리는 지옥 같은 곳이있는데, 특별한 전설이 전해지고 있었습니다. 나만이 괴물을 물리칠 수 있다는 전설이었습니다. 가디언스 멤버들은 내가 홀로 설 수 있도록 응원해 줍니다. 마침내 내가 괴물을 물리치고 드림피아를 다시 회복시키는 이야기가 가디언스의 곡에 담겨 있습니다."

아이들은 시큰둥했지만 나는 눈이 휘둥그레졌다.

"저도 혼자가 되더라도 포기하지 않고 괴물을 물리치고 싶습니다. 가디언스가 제게 용기를 준 것처럼 이 노래가 여러분에게도 용기를 주었으면 합니다."

곧 〈나의 가디언〉이 교실에 울려 퍼졌다. 아이들은 생소한 음악이 나오자 멀뚱멀뚱 화면만 바라봤다.

지금 이 상황이 도무지 믿기지 않았다. 운명이 있다면 정말 말도 안 되는 장난을 친 거다.

곧이어 나도 제비뽑기에 뽑혔다. 하지만 나는 발표하지 못했다. 온라인 클래스에 올라간 자료도 몰래 지워 버렸다.

차마 내 베프의 원수, 이지은이 좋아하는 가디언스를 나도 좋아한다고 소개할 수가 없었다.

7
키링

그날 저녁, 내가 먹는 둥 마는 둥 밥알 개수만 세고 있으니 오빠가 숟가락으로 내 밥그릇을 툭 건드렸다.

"밥 안 먹고 뭐 하냐?"

오빠가 할 말은 아니었다. 오빠는 밥 먹는 내내 휴대전화 게임을 하고 있었으니까. 나는 억지로 숟가락을 몇 번 움직였지만 얼마 못 가 다시 느려졌다.

이지은이 가디언스를 좋아하다니. 많이 놀랐다. 반갑기도 했다. 아니, 모르겠다. 마음을 어떻게 설명해야 좋을지 알 수가 없다. 반가운데 반가우면 안 될 것 같고, 좋은데 좋으면 안 될 것 같고.

이런 복잡한 감정을 느껴야 한다는 게 싫었다. 싫으면 싫은 거고 좋으면 좋은 거지, 둘 사이에서 갈등하고 싶지 않았다. 어떡해야 하는지 누가 좀 알려 줬으면 좋겠는데, 물어볼 데도 없었다. 다미한테는 절대 물어볼 수 없다. 오히려 이 고민을 들키면 큰일이 날지도. 엄마, 아빠는 바쁘고 유일하게 터놓을 수 있는 사람이라곤…….

"오빠."

"왜?"

오빠는 휴대전화를 보느라 고개도 들지 않고 답했다.

"뭐 좀 물어봐도 돼?"

"뭔데."

"A가 B랑 베프인데, 어느 날 C한테 관심이 생겼어. 근데 B가 C를 많이 싫어해. 그럼 A는 어떻게 해야 할까?"

오빠가 눈살을 찌푸리더니 고개를 들었다.

"뭔 소리? A는 뭐고 B는 뭐야?"

"아이, 암튼. 오빠 생각은 어때?"

"몰라. 내가 그걸 어떻게 알아."

'물어본 내가 잘못이지.'

한숨이 나왔다. 입맛이 다 사라져 먹던 밥을 음식물

쓰레기통에 버렸다. 엄마가 알면 밥 아까운 줄 모른다고 잔소리하겠지만, 도무지 밥이 넘어가지 않았다.

그때 오빠가 물었다.

"누가 너야? A? B? 아니면 C?"

"내, 내 얘기 아니야! 친구가 고민된다고 해서……."

내가 놀란 눈으로 우왕좌왕하자 오빠는 어깨를 으쓱하더니 다시 휴대전화로 눈길을 돌렸다. 나는 놀란 가슴을 쓸어내렸다. 오빠는 가끔 사람을 꿰뚫어 볼 때가 있다.

오빠가 지나가듯 말했다.

"완전 배신 아닌가? A가 C한테 붙으면, B는 엄청 짜증 날 것 같은데."

"그렇지? 그렇게 느끼겠지?"

"네 얘기네."

"내 얘기 아니라니까!"

나는 손사래를 치고는 허겁지겁 싱크대로 갔다. 고무장갑을 끼고 물을 세게 틀었다. 설거지하며 어지러운 마음까지 씻어 낼 참이었다. 이지은에 대한 감성은 약간의 호기심일 뿐이라고. 그 애가 뭘 좋아하든 어떤 아이이든 신경 쓰지 않겠다고. 그렇게 마음먹으려 했다.

그런데…….

나도 모르게 말이 툭 튀어나왔다.

"근데 잠깐 얘기 나누는 것 정도는 괜찮잖아."

오빠가 '뭐래?' 하는 눈으로 나를 쳐다보았다.

"A가 C랑 관심사가 같을 수도 있는 거고, A는 여전히 B를 베프라고 생각하는데, 아주 잠깐 얘기하는 것 정도는 이해해 줄 수 있지 않아? 아무리 B가 C를 싫어한다고 해도."

오빠는 어차피 답이 정해져 있는데 왜 물어본 거냐며 툴툴댔다.

"몰라. 네 마음대로 해."

"그렇지? 마음대로 해도 되겠지?"

답은 정해져 있지 않았다. 방금 정한 거지.

그 정도는 괜찮을 것 같았다. 호기심을 해결하는 정도는. 좋아하는 것을 공유하는 사람끼리 아주 사소한 교류. 이지은과 관계는 딱 그 정도니까.

그 애가 청소 당번인 날을 골랐다. 학교에서는 다가가

102

기 어려우니 방과 후에 물어볼 계획이었다. 수업이 끝나면 다미가 나를 기다리거나 내가 다미를 기다리는 게 일상이다. 그래서 다미와 잠시 떨어질 시간을 찾아야 했다.

나는 송 쌤에게 오늘은 아파서 가지 못할 것 같다고 메시지를 보냈다. 다미에게도 아픈 티를 내야 할 것 같아 종일 기운 없는 척했다. 그 결과, 다미의 눈을 속이는 데 성공했다.

학원에 같이 가지 못해서 속상해하는 다미를 보니 마음이 무거웠다. 다미를 속이다니, 내가 지금 뭘 하는 건지. 지금이라도 괜찮아졌다고 말하고 학원에 갈까 했지만, 이왕 마음먹은 김에 끝까지 해 보자며 애써 나 자신을 다독였다.

교실을 나서는 그 애를 멀찌감치 뒤따랐다. 그 애는 우리 집과 반대 방향으로 걸었다. 그쪽은 공장이 많은 동네로, 주택가는 아니었다. 왜 그쪽으로 가는지 의아했지만, 일단은 조심스레 걸음을 옮겼다.

그렇게 얼마나 갔을까. 주변이 한적해지고, 건물의 높이도 많이 낮아진 어느 골목에서, 그 애가 걸음을 멈추었다. 나도 덩달아 멈췄다.

이지은이 불쑥 뒤를 돌아보며 물었다.

"왜 따라 와?"

너무 갑작스러워 숨지도 못했다. 나는 마른침을 삼키며 가방끈만 꼭 쥐었다.

"따, 따라간 거 아닌데. 나도 집이 이쪽이라서⋯⋯."

서둘러 둘러대느라 거짓말까지 해 버렸다. 물어볼 게 있다고 솔직하게 말하면 되는데 그게 왜 이리 어려울까. 나도 모르게 뒷걸음질을 쳤다.

이지은이 내게로 저벅저벅 다가왔다.

"마이 가디?"

갑작스러운 질문이었지만, 입이 저절로 대답했다.

"마이 러브!"

가디언스 팬클럽 '마이 가디'의 응원 구호다. 이지은이 피식 웃었다.

"너 거짓말 못 하는구나? 너네 집 이쪽 아니잖아."

"마, 맞다니까!"

"여긴 공장만 많지 집은 얼마 없어. 나도 이 동네 안 살아. 네가 따라오는 것 같아서 이쪽으로 온 거지."

한마디로 나는 유인당한 거였다. 그것도 모르고 나 홀로 스파이 작전을 펼쳤다니.

"너 얼굴 완전 빨개. 거짓말하는 거 다 티 나."

"진짜?"

나는 서둘러 두 뺨을 가렸다. 부끄러워하는 나를 보고 이지은이 작게 웃음을 터뜨렸다.

"장난이야."

"아, 뭐야! 사람 놀리고 있어!"

발끈 화를 냈지만 나도 금방 웃음이 나왔다. 조용한 골목에 우리 웃음소리가 퍼져 나갔다.

웃음이 잦아들자 이지은이 물었다.

"왜 따라온 거야?"

"어? 그게 말이지⋯⋯. 물어볼 게 있어서."

"뭐?"

뭐부터 물어보지? 가디언스를 왜 좋아하는지부터 물어볼까? 아니면 다미와 왜 싸운 건지부터? 고민하는 사이, 이지은이 먼저 말을 꺼냈다.

"온라인 클래스에 네가 올린 글 봤어. 근데 지웠더라?"

헉, 그걸 봤구나! 이번에는 진짜 얼굴이 빨개지려 했

다. 그렇다면 내가 선생님에게 아직 추천곡을 정하지 못했다고 거짓말했을 때도 다 알고 있었다는 거다. 설마 글을 지운 이유가 자기 때문이라는 것까진 모르겠지? 아니다. 똑똑한 이지은이라면 그 정도 추측은 충분히 할 수 있을지도.

이왕 들킨 거, 나는 속 시원히 물어보기로 했다.

"너는 가디언스를 왜 좋아해?"

"좋아하면 안 돼?"

"안 되는 건 아닌데…… 가디언스가 인기 없는 것도 사실이잖아. 내 주변에 가디언스 좋아하는 사람, 한 명도 없었거든. 그래서 너무 신기했어."

일리 있는 말이라 생각하는지 이지은도 고개를 끄덕였다.

"가디언스 세계관이 마음에 들어. 그래서 좋아해."

나는 절로 벌어지는 입을 두 손으로 가렸다. 어쩜 나와 똑같은 이유였다. 너무 반가워서 꺅 소리가 나올 뻔했다. 어떻게든 침착함을 유지하려 했지만 목소리가 떨리는 건 어쩔 수 없었다.

나는 좋아하는 가디언스 노래의 한 구절을 불렀다.

"모두가 날 버려도, 세상에 혼자 남아도, 끝까지 날 사랑할 사람."

"바로 나."

이지은이 이어 부른 건 가디언스의 곡 〈히어로〉의 가사였다.

"역시 아는구나?"

벅찬 마음을 도무지 숨길 수 없었다. 나도 모르게 들떠서 가디언스를 좋아하게 된 이유를 떠들었다. 가디언스의 무대를 처음 보았을 때부터 저항도 못 하고 푹 빠져 버렸다고. 가디언스가 잘됐으면 좋겠지만, 또 너무 잘되면 서운할 것 같다고.

"나만의 가디언스인데!"

이지은이 당연하다며 고개를 끄덕였다.

"그 마음 백번 이해해."

우리는 가디언스가 출연했던 예능과 뮤직비디오, 드림피아 세계관에 대해서, 가디언스의 활동에 대해서도 한참 이야기했다. 오랜만에 하고 싶은 말을 실컷 한 것 같아 속이 다 후련했다. 다미는 가디언스가 뭐가 좋은지 모르겠다고 해서 가디언스 이야기 꺼내기가 그랬는

데, 이렇게 눈치 보지 않고 이야기한 게 얼마 만인지. 이
지은도 놀이공원에서처럼 편해 보였다.

좀 이상했다. 환히 웃는 이지은, 아니 지은이가 자꾸
예뻐 보였다. 나는 그런 모습을 빤히 바라보았다.

"너 되게 잘 웃는다?"

"가디언스 얘길 해서 그런가 봐."

머쓱한 듯 헛기침하던 지은이가 가방을 뒤지더니 무
언가를 꺼냈다.

"너, 이거 있어?"

나는 눈이 돌아가는 줄 알았다. 내게 내민 건 가디언
스의 1집 한정판 키링이었다. 커다란 방패 모양에 영어
로고 'G'가 큼지막하게 박혀 있는 건데, 구하기가 하늘
의 별 따기였다. 너무 유명해서 구하기 힘든 게 아니라,
얼마 팔리지 못하고 절판이 되어서였다. 이제는 사고
싶어도 살 수가 없다.

중고 거래 어플을 다 뒤져서라도 다른 굿즈를 다 구한
나조차 갖지 못한 유일한 굿즈였다. 이러니 내가 흥분
하지 않을 수가.

"대박! 네 거야? 완전 부럽다!"

"없구나? 역시 내가 너보다 가디언스를 먼저 좋아했어. 난 이 앨범 절판되기 전에 샀거든."

킥킥 웃던 지은이가 헛기침을 하더니 나에게 넌지시 물어 왔다.

"너 줄까?"

처음에는 장난치는 줄 알았다. 그런데 표정이 꽤 진지해서 나도 덩달아 심각해졌다.

"왜? 너 이제 가디언스 안 좋아해?"

"아니, 좋아해. 하늘만큼 땅만큼."

"그럼 키링이 필요 없게 됐어?"

"아니, 나한테 완전 소중한 거야. 내 보호막이거든."

"그런데 이걸 왜 나한테 줘?"

지은이가 고개를 갸우뚱하는 내 손에 키링을 쥐여 주었다.

"가디언스의 방패, 지금은 나보다 너한테 더 필요할 것 같아서."

아리송한 말이었지만, 나는 그보다 손에 쥔 키링에 더 빠져 버렸다. 갖고 싶다. 너무 갖고 싶다. 그런데 내가 이걸 받을 자격이 있을까? 나는 놀이공원에서 지은이를 버렸고, 그것도 모자라 사과하지도 않고 뒤에서 흉보는 걸 택했다. 좋아하는 아이돌이 같다는 이유만으로 이런 선물을 받기에는 잘못한 게 많았다. 그리고 여전히 다미가 싫어하는 아이이기도 하니까.

그때 한적한 골목이 소란스러워졌다. 한 무리의 남자 아이들이 이쪽으로 다가왔다. 그 아이들이 우리를 힐끗 보고 지나쳤다. 그 순간, 그중에 아는 얼굴이 눈에 띄었다. 이름은 모르는데 학교에서 본 적이 있다. 다미네 반일 것이다. 나는 번뜩 정신이 들었다. 지은이와 함께 있는 걸 들키다니. 심장이 쿵 떨어졌다.

지은이도 눈치챘는지 발길을 돌렸다.

"나 갈게."

나는 지은이를 급히 붙잡았다.

"키링 가져가."

"너 가져도 돼."

나는 단호히 고개를 저었다.

"이런다고 너랑 친해질 수 없어."

지은이가 작게 웃었다. 웃음은 그리 오래가지 않았다. 예전의 차가운 얼굴로 내게 말했다.

"너랑 친해질 생각 없는데?"

그 말은 약간 충격이었다. 친해질 생각도 없으면서 도대체 왜? 지은이는 필요 없으면 도로 달라며 키링을 가져갔다.

"잠깐만! 친해질 생각도 없는데, 왜 나한테 키링을 주려고 했어?"

멀어지던 지은이가 걸음을 멈추었다. 한숨 소리와 함께 지은이 어깨가 크게 한 번 들썩였다. 무언가 불만인 듯 바닥을 두어 번 탁탁 차기도 했다.

곧 차가운 목소리가 날아왔다.

"말했잖아. 필요 없어서 준 거라고. 다른 대답이 더 필요해?"

맞다. 다른 대답이 필요했다. 필요 없어서 주는 거라고 하기에는 지은이는 아직도 가디언스를 좋아했고, 키링은 희귀했다. 우리가 무슨 대단한 관계도 아닌데 그런 큰 선물을 주겠다니, 다른 대답이 필요했다. 이를테면 너와 친해지고 싶다 같은 말. 그리고 나에게는 그 선물을 거절할 수밖에 없는 이유가 필요했고. 그러려면 이걸 꼭 물어봐야 한다.

“너, 다미랑 왜 싸운 거야? 다미는 네가 제멋대로라서 다른 사람한테 상처를 준대. 정말 그런 거야?”

대답해 주면 좋겠는데 지은이는 답답하다는 듯 한숨만 쉬더니 걸음을 돌리려 했다.

“정말 그런 거냐고!”

“아니라고 하면 믿어 줄 거야?”

“어?”

그 애가 나를 돌아봤다. 자기를 믿어 달라는 눈빛. 그 눈빛에서 알 수 있었다. 내가 오해해도 단단히 오해해 왔다는 걸. 어쩌면 다미가 틀린 걸지도 모르겠다.

그때 다미의 목소리가 머릿속에 울려 퍼졌다.

‘난 네가 이지은이랑 친한 거 싫어. 나랑만 친해야 해.’

대체 나더러 어쩌라고……. 차마 지은이 눈을 마주치지 못하고 물었다.

“내 친구들이 너 싫어하는 거 알지?”

“응.”

이걸로 거절의 충분한 이유가 됐을까? 나는 입술을 꼭 깨물었다.

“미안한데, 우리 만난 거 비밀로 해 줄 수 있어?”

"걱정 마. 나 입 무거워."

짧게 대답하고 돌아서는 지은이의 뒷모습이 쓸쓸해 보였다. 나는 지은이가 완전히 사라질 때까지 하염없이 뒷모습을 바라보기만 했다. 이렇게 끝나 버린 건가. 허탈한 마음을 감출 수가 없었다.

다음 날 아침, 다미는 민지 없이 혼자 편의점 앞으로 나왔다. 그런데 다미 표정이 꽤 어두웠다.

"다미야, 어디 아파?"

걱정이 되어 물었는데, 다미가 심각한 목소리로 입을 열었다.

"은하야, 너 어제 이지은 만났어?"

그 말을 듣는 순간 심장이 쿵 내려앉았다.

8
내가 모르는 다미

다미가 따지듯 재차 물었다.

"만났어? 너 어제 아프다고 먼저 집에 갔잖아."

어쩜 그럴 수 있냐는 듯한 다미의 눈빛이 나를 향했다. 침착하려 했지만, 머릿속이 자꾸만 하얘졌다. 내가 뭐라 변명할 새도 없이 다미가 휴대전화를 내밀었다. 화면에 사진 한 장이 떠워져 있었다. 어제 지은이와 만났던 그 장소에서 찍힌 사진이었다. 멀리서 줌 인 해서 찍은 듯했다. 나는 할 말을 잃었다.

"황지후가 어제 너 봤다던데? 어떻게 된 거야? 설명 좀 해 봐."

그때 어제 우르르 지나가던 자전거 무리가 생각났다. 그 아이 이름이 황지후였다. 세상에 완전한 비밀이란 없는 걸까. 입이 바싹 마르고 식은땀이 났다. 인제 와서 무슨 말을 해야 할까. 아무리 둘러댄들 거짓말까지 하고 지은이를 만났다는 사실은 변함이 없는데. 그 배신감은 이루 말할 수 없을 텐데. 역시나 다미는 많이 화가 난 듯 손을 바르르 떨고 있었다.

"미안해……. 이지은도 가디언스 팬인 것 같아서, 그래서 진짜인지 물어봤어."

다미에게 사과하고 이유를 말했다. 그런데도 다미 표정은 풀리지 않았다. 사실 어떤 변명을 해도 소용없다는 걸 알았다. 다미 가슴에 못을 박은 거나 마찬가지였으니까.

그런데 아무리 아니라고 해 봐도 내 안에 바뀌지 않는 진실이 있었다.

"다미야……. 너 지은이랑 왜 싸운 거야?"

나도 모르게 툭 튀어 나간 말에 나 스스로도 놀랐다. 다미도 많이 당황한 듯하더니 곧 날카로운 눈초리로 되물었다.

"왜 싸웠냐니? 몰라서 물어?"

"알아, 아는데……. 지은이가 조금 바뀐 것 같기도 해서……."

어쩌자고 지은이를 두둔하고 있는 걸까. 그것도 다미 앞에서. 그러면 안 된다는 생각이 들면서도 한편으로는 다미와 지은이가 예전에는 친했다는 사실에 희망을 품었다. 어쩌면 내가 다미의 오해를 풀 수 있을지도 모른다고. 내가 본 지은이는 제멋대로가 아니었으니까. 분명 좋은 아이였으니까. 그런 간절한 마음을 담아, 다미와 지은이가 다시 친해지길 바라며 말을 이었다.

"지은이, 네가 용서해 주면 안 될까?"

다미에게 내 진심이 닿길. 나는 조마조마한 심정으로 다미의 대답을 기다렸다. 그런데 놀랍게도 다미 표정이 점차 온화해졌다. 이내 생긋 웃으며 가벼운 목소리로 말했다.

"정말? 몰랐네. 걔가 많이 바뀐 줄은. 알았어, 네 말대로 해 볼게."

"진짜?"

너무 놀라서 입이 다물어지지 않았다. 설마 꿈인가?

내가 다미의 마음을 돌린 거야? 믿기지가 않았다.

그때, 다미가 뭔가 생각났다는 듯 말했다.

"나 깜빡했다. 당번이라 일찍 가야 하는데. 먼저 갈게. 넌 민지 기다렸다가 같이 와."

당번이라고? 다미가 전에 자기 반은 당번 제도를 운영하지만 아침에는 할 일이 없다고 했는데. 그런데 갑자기 당번이라 일찍 가야 한다니.

"민지한테는 먼저 간다고 하지, 뭐. 내가 널 따라가야지. 우리 베프잖아."

나는 웃으며 다미를 따라나섰다.

"베프라……."

그 순간, 다미 표정이 미세하게 일그러졌다. 곧 다시 웃음을 띠었지만.

"그냥 민지 기다려 줘. 난 혼자 갈게."

"앗, 다미야!"

다미는 붙잡을 새도 없이 뛰어갔다. 멀어지는 다미를 보는데, 알 수 없는 불길한 마음이 들었다. 어느새 다미는 모퉁이를 돌아 사라지고 없었다.

오늘은 왠지 복도가 횅했다. 쉬는 시간이면 다미와 민지가 늘 복도에서 나를 기다렸는데, 오늘은 보이지 않았다. 다미는 머리가 아프다며 내내 교실에 있었다. 걱정이 되어 다미 반 앞을 서성거렸다. 조금이라도 다미와 눈이 마주치면 손을 들어 알은체를 했다. 그러나 다미는 고개를 돌리고 책상에 엎드렸다.

'많이 아픈가?'

같은 반이면 다가가서 같이 보건실이라도 가자고 할 텐데, 남의 반에 함부로 들어갈 수도 없고……. 그 앞에서 발만 동동 구르다 교실로 돌아왔다.

심지어 다미는 수업이 끝나고 나를 기다려 주지도 않았다. 다미 반 아이에게 다미를 봤냐고 묻자 몸이 좋지 않아 5교시에 조퇴했다는 이야기를 듣게 되었다. 하는 수 없이 민지네 반 앞으로 갔다. 민지 반은 아직 끝나지 않았다.

민지를 기다리며 다미에게 메시지를 보냈다.

은하

다미야, 조퇴했다며. 많이 아파?

숫자가 사라지기만을 기다리며 휴대전화를 뚫어져라 보고 있는데 민지 반 아이들이 수업을 끝내고 우르르 몰려나왔다. 나는 휴대전화를 주머니에 넣고 민지를 향해 밝게 손을 흔들었다. 그런데 민지 반응이 좀 이상했다. 못마땅한 눈으로 나를 힐끔하더니 신발만 갈아 신고 서둘러 걸음을 돌렸다.

나는 얼른 민지 곁에 따라붙었다.

"오늘 다미 조퇴했대."

"알아."

민지는 앞만 보고 걸었다. 계단을 어찌나 성큼성큼 내려가는지 따라가느라 숨이 찼다. 교문을 나서서 집으로 걸어가는 내내 민지는 말이 없었다. 나는 민지 눈치를 보며 종종걸음으로 계속 민지의 뒤를 쫓았다.

민지가 우뚝 서서 몸을 돌렸다.

"너, 이지은이랑 놀았다며?"

이 사실을 민지마저 알게 되다니. 아마도 다미가 말해 주었겠지.

"어……."

민지가 답답하다는 듯 목소리를 높였다.

"왜 그랬어? 다미랑 이지은, 사이 안 좋은 거 알잖아."

"다미가 지은이 용서해 준다고 했는데……."

이렇게 말해도 되는 건가? 아침에 다미가 분명 그렇게 말했지만, 어쩌면 내가 잘못 짚은 걸지도 모른다. 완전히 실수한 걸지도.

민지는 어이가 없는지 헛웃음을 흘렸다.

"하, 다미가 정말 그렇게 말했다고?"

민지는 고개를 절레절레 흔들며 팔짱을 꼈다.

"너 다미를 잘 모르는구나?"

"무슨 말이야? 내가 다미를 모르다니?"

"넌 네가 정말로 다미 베프라고 생각해?"

민지 표정이 몰라보게 험악해졌다. 나는 이 불편한 상황을 어떻게든 풀어 보려 어색하게 웃었다.

"왜 그래, 민지야. 내가 뭐 잘못했을까?"

"모르면 됐어."

민지는 알 수 없는 표정을 지으며 발길을 돌렸다. 그러고는 따라오지 말라는 듯 빠르게 멀어져 갔다.

나는 정말 다미의 베프가 맞을까? 민지 말이 귓가를 맴돌았다. 그러자 덜컥 겁이 나기 시작했다. 지은이를

용서해 달라고 했던 말. 내 딴에는 용기 내어 한 말이었
는데, 아무래도 그게 큰 실수였나 보다.

그런데 민지의 말은 무슨 뜻일까? 내가 모르는 다미
가 있다는 게. 그 말이 나는 덜컥 무서워졌다.

9
다미의 부탁

다미는 이틀째 따로 등교했다. 복도에도 나오지 않았다. 말로는 아프다고 했지만, 반 친구들과는 잘 어울렸다. 다미 교실 앞을 지나갈 때면 다미 웃는 목소리가 크게 들려왔다. 어쩌다 복도에서 마주쳐 왜 교실에만 있냐고 물으면 다미는 생긋 웃으며 이렇게 답했다.

"니네 선생님이 복도에 나오지 말라고 하셨잖아. 지킬 건 지켜야지."

사실 지금 지켜야 하는 건 우리 사이다. 다미와의 우정을 위해 나는 지은이 근처에는 온종일 얼씬도 하지 않았다.

점심시간에 선생님 몰래 휴대전화를 꺼내 다미에게
메시지를 보냈다.

은하

> 다미야, 오늘 댄스 학원 가기 전에
> 맛있는 거 먹으러 갈까? 내가 쏠게!

6교시 마치고 학원 가기 전까지 한 시간 남짓 시간이
있었다. 그때 다미와 맛있는 걸 먹으면 좋을 것 같았다.

어젯밤 엄마, 아빠 가게에 찾아가 용돈을 달라고 했
다. 엄마는 네가 무슨 용돈이 더 필요하냐며 단칼에 잘
랐지만, 아빠를 졸라서 3만 원을 얻어 냈다. 엄마가 어
디다 쓸 거냐고 물었을 때는 준비물 살 게 있다고 거짓
말을 보탰다. 이제는 아무렇지 않게 거짓말하는 내 자
신이 무서울 정도였다. 그런데도 나는 멈추지 못했다.

오 분이 지났는데도 답장이 없었다. 메시지 옆의 숫자
'1'은 벌써 사라지고 없었다. 이번에도 읽기만 하고 답
장이 없는 걸까? 걱정하는데 한참 만에 알람이 울렸다.

다미
뭐 먹게?

너무 기쁜 나머지 선생님이 지켜보는 줄도 모르고 빠르게 답장을 보냈다.

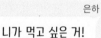

은하
니가 먹고 싶은 거!
난 아무거나 좋아!

마침 선생님의 굳은 목소리가 들렸다.

"은하야, 교실에서 휴대전화 쓰는 건 규칙 위반이야. 얼른 집어넣어."

"네……."

대답은 했지만 지금의 나는 다미와의 관계를 지키기 위해서라면 규칙도 어길 수 있다. 그만큼 다미를 붙잡는 게 절실했다. 곧 답장이 왔다.

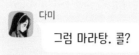
다미
그럼 마라탕. 콜?

기쁜 마음도 잠시, 메시지를 보는 순간 걱정이 앞섰
다. 마라탕은 매워서 내가 잘 먹지 못하는 음식이다. 그
건 다미도 알고 있을 텐데…….

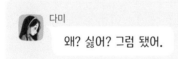
다미
왜? 싫어? 그럼 됐어.

다미는 전에도 마라탕을 먹으러 가고 싶어 했다. 그런
데 내가 도무지 못 먹겠다고 해서 결국 먹지 못했다. 이
번에는 거절할 수가 없었다. 그래, 한 번쯤은 괜찮지 않
을까? 까짓것 먹어 보자고 결심하니 행동이 빨라졌다.

은하
아니야. 먹어. 마라탕 콜!

수업이 끝나자마자 다미, 민지와 근처 마라탕 맛집에 들렀다. 다미가 자주 오는 가게라며 추천했다. 그래서인지 다미는 주인아주머니와도 잘 알았다.

"이모, 저희 3단계로 주세요!"

다미 말에 민지가 놀란 눈으로 물었다.

"3단계? 너무 매운 거 아냐?"

다미가 실망한 듯 말했다.

"에이, 무슨. 3단계는 먹어야지. 싫으면 1단계 먹어?"

민지는 잠시 고민하더니 엄지손가락을 들어 올리며 기분 좋게 승낙했다.

다미는 내게도 물었다.

"너도 괜찮지? 3단계가 제일 맛있어."

오늘은 무조건 다미에게 맞춰 줘야 한다는 생각에 나는 밝게 웃으며 말했다.

"당연하지. 누가 추천하는 메뉴인데."

내가 기대하는 투로 말하자 다미가 픽 웃었다.

"그래, 한번 먹어 봐."

그리 기분 좋은 웃음은 아니었지만, 나는 다미의 그 표정을 애써 못 본 체했다.

다미는 마라탕을 맛있게 먹었다. 매운 내색도 않고 국물까지 다 먹었다. 민지도 땀을 뻘뻘 흘리면서 끝까지 먹었다. 나는 손도 대지 못하고 있었다.

내가 쩔쩔매자 다미가 실망한 듯 말했다.

"딴거 먹을 걸 그랬나? 나는 네가 괜찮다고 해서 진짤 줄 알았지. 우리는 입맛이 안 맞나 봐."

"아니야, 입맛이 안 맞긴. 이거 봐."

나는 건더기를 집어 입에 넣었다. 생각보다도 더 매워서 기침이 터져 나왔다. 콜록대는 내게 다미가 휴지를 건넸다. 어쩐지 비웃음을 흘린 것도 같았다. 나는 이대로 물러설 수 없어서 물을 한 컵 마신 뒤, 다시 한번 건더기를 집어 먹었다. 다시 기침이 나오려 했지만 아까보단 괜찮았다. 보란 듯 국물까지 한 모금 떠먹었다.

"봐, 나 잘 먹잖아!"

"그러네. 엄청 잘 먹네. 자, 더 먹어."

다미가 생글생글 웃으며 내 앞접시에 면을 수북이 덜어 주었다.

"남기지 말고 다 먹어야 해, 알았지?"

"어? 어…… . 고마워."

나는 꾸역꾸역 면을 삼켰다. 입안이 얼얼하고 눈물이 찔끔 나올 것 같았지만 꾹 참았다. 먹는 속도가 느려서 인지 면은 양념을 잔뜩 머금은 것 같고, 배도 점점 불러 왔다. 심지어 다미는 1인분을 더 시키더니 자기는 배불러 못 먹겠다며 내 접시에 다 쏟아부었다. 나는 너무 매워서 서비스로 나온 주스 1리터까지 다 마셔야 했다. 속이 더부룩하고 신물이 올라와서 괴로웠다.

먹기 싫은 걸 억지로 먹은 것도 모자라 계산까지 했다. 그래도 다미가 잘 먹었다며 내 팔짱을 꼈을 땐 다행이다 싶었다. 그래서 속이 쓰린 것도 꾹 참았다.

영어 학원에 가는 민지와는 헤어지고, 다미와 단둘이 댄스 학원으로 향했다. 가는 내내 속이 아팠지만, 다미가 눈치챌까 봐 아무렇지 않은 척해야 했다.

요 며칠 대화가 없어서인지, 오늘따라 다미는 부쩍 말이 많았다. 특히 송 쌤에 대한 불만이 주를 이루었다. 송 쌤을 좋아하는 나로서는 불편한 대화였다. 그래도 내색하지 않고 다미 이야기를 들어 주었다. 불만인 이유는 틴틴 페스티벌 본선 무대 대형 문제 때문이었다. 특히 센터 선정 문제를 두고 말이 많았다. 예선 발표 후, 송 쌤이 나를 센터에 세우겠다고 모두에게 알렸기 때문이다. 다른 아이들 자리도 송 쌤이 정해 주었다.

"그걸 왜 선생님 마음대로 정해? 공평하게 투표로 하면 안 돼? 사회 시간에도 배웠잖아. 우린 민주주의 국가에 사는데, 이건 선생님이 완전 독재하는 거잖아."

이 문제에 대해서는 지난번 대형 정할 때 송 쌤이 알아듣기 좋게 말해 주었다. 마음에 들지 않을 수는 있겠지만, 이번만큼은 선생님 뜻에 따라 달라고. 본선에서 좋은 성적을 거두기 위해서는 전략이 필요하다며, 쌤이 생각하는 최고의 대형을 정해 왔다.

그 중심에 서게 된 사람이 나였다. 그때만 해도 내가 센터에 서는 것에 대해 아무도 토를 달지 않았다. 그런데 다미는 아이들 사이에 불만이 많다고 했다.

내가 조심스럽게 물었다.

"그럼 혹시 너도 대형이 마음에 안 들어?"

다미 자리는 가장 뒷줄에서도 왼쪽 끝이었다. 어쩔 수 없는 게, 다미는 학원에 다닌 지 얼마 되지 않아 실력이 별로였다. 다미로서는 기분 나쁠 일이지만 못하는 사람을 뒤쪽에 배치한 건 선생이자 연출자로서는 어쩔 수 없는 선택이었을 것이다. 열심히 하기라도 한다면 모를까, 다미는 안무 익히는 데도 건성이고 틀릴 때도 많았다. 다미는 그런 건 안중에도 없었다.

"재미로 나가는 건데 사람 차별하는 거잖아. 이건 좀 아닌 것 같아. 이왕 하는 거 나도 가운데 서고 싶어. 더 열심히 연습하면 되잖아."

다미가 내 눈치를 살폈다. 나는 할 말이 없었다. 다미 편을 들자니 동의하기 어렵고, 송 쌤 편을 들자니 다미 기분이 상할 것 같았다. 내가 말이 없으니 다미가 슬그머니 내 팔짱을 끼며 말을 꺼냈다.

"은하야, 나 뭐 하나만 부탁해도 돼?"

"뭔데?"

다미가 작게 속삭이는 말에 고개가 절로 숙여졌다. 하지만 차마 다미의 말을 거절할 용기가 나지 않았다.

"알았어……."

대답하고 발끝만 보고 걸었다. 긴 한숨이 나올 것만 같았다. 오늘따라 댄스 학원이 너무 가기 싫었다.

연습 시간을 무슨 생각으로 보냈는지 모르겠다. 송 쌤은 이제 본선이 얼마 남지 않았으니 조금 더 집중하자고 했다. 그때마다 가운데 선 내가 실수를 연발하니 쌤 기분도 좋지는 않았을 것이다. 급기야 연습이 끝날 무렵 내게 다가와 무슨 일이 있냐고 물어 왔다.

"평소보다 땀을 많이 흘리네. 몸이 안 좋은 거야?"

"아니에요. 괜찮아요."

아까부터 속이 부글부글 끓었다. 연습하다가 화장실에 몇 번 다녀왔는데도 나아지지 않았다. 나는 아픈 배를 부여잡았다. 속도 속이지만, 다미가 부탁한 말을 어떻게 꺼내야 좋을지 몰라 마음이 무거웠다.

연습을 마무리하고 아이들이 모여 앉았다. 송 쌤은 연습 때 찍은 영상을 학원 SNS에 올릴 테니, 집에 가서 확인하며 모자란 부분을 보충하라고 했다. 그래도 처음보다는 많이 나아졌다며, 좀 더 연습하면 본선에서 좋은 성적을 거둘 수 있을 거라는 격려도 아끼지 않았다.

"혹시 질문 있는 사람?"

아무도 손을 들지 않았다. 딱 한 사람, 나만 빼고.

"저, 선생님⋯⋯."

"그래, 우리 은하 얘기해 볼까?"

나는 잠시 망설였다.

'내 말에 많이 당황하진 않으실까? 송 쌤은 아무것도 모르실 텐데. 나를 향한 믿음이 산산조각 나면 어쩌지.'

나는 진땀으로 축축해진 손을 꼭 쥐었다. 심호흡을 크게 한번 하고 입을 열었다.

"선생님, 저희 대형 바꾸면 안 될까요?"

송 쌤 표정이 한순간에 굳었다.

"무슨 말이야? 대형을 바꾸자니?"

"선생님이 정해 준 자리에 불만 있는 친구들이 많아요. 저도 실력으로 등급을 가르는 것 같아서 좀 불편했어요. 성적보다는 재밌게 연습하는 게 중요한 건데……."

송 쌤은 할 말을 잃은 듯 입을 다물지 못했다. 연습실은 고요했다. 다들 침묵으로 동의하는 것이다. 다미가 미리 손을 써 놓았기 때문이다. 학원 단체 대화방을 만들어 대형을 다시 짜자고 아이들을 부추겼다.

아이들 대부분 상관없다는 반응이었다. 자리 바꾸는 게 싫은 아이도 있겠지만, 굳이 나서지는 않을 것이다. 자신들에게는 그리 큰 문제는 아닐 거고 다미와 부딪치는 것도 싫을 테니까. 자리를 바꾸게 되어 속상한 건 아마 나뿐일 거다.

이윽고 송 쌤이 심각한 목소리로 물었다.

"너희도 그렇게 생각해?"

다미가 큰 소리로 대답했다.

"네, 저도 은하 말에 동의해요. 얘들아, 그렇지?"

아이들이 눈치를 보며 고개를 끄덕였다.

송 쌤은 믿을 수 없다는 듯 다시 물었다.

"은하 말에 동의하는 사람들은 손을 들어 봐."

제일 먼저 다미가 번쩍 손을 들었다. 그러자 다른 아이들도 한 명 한 명 손을 들더니 이내 모든 아이가 손을 들었다. 나도 대세를 거스를 수는 없었다. 마지막까지 잠자코 있던 내가 조심스럽게 손을 들자 송 쌤이 한숨을 쉬었다.

"너희 생각이 정 그렇다면…… 알았어."

쌤은 자리를 어떻게 정하면 좋을지 이야기해 보자고 했다. 다미가 투표로 정했으면 좋겠다고 했고, 다른 아이들도 동의했다. 송 쌤은 마지못해 센터 자리부터 투표에 부쳤다. 그 결과, 원래 내 자리였던 센터는 다미가 차지했다.

나머지 아이들도 본인이 원하는 자리로 이동했지만, 크게 의미 없는 이동일 뿐이었다. 유일하게 나만 뒤로 밀려났다. 공교롭게도 나는 원래 다미 자리에 서게 됐다. 나와 다미의 자리가 뒤바뀐 것이다. 송 쌤은 투표가 진행되는 내내 표정이 어두웠다.

투표 때문에 조금 늦게 마쳐서인지 아이들은 다음 일정을 위해 부지런히 움직였다. 다미와 함께 학원을 나서려는데 송 쌤이 내 이름을 불렀다.

"은하야, 선생님 좀 볼까?"

"아, 네."

나는 송 쌤을 뒤따랐다.

등 뒤에서 다미가 소리쳤다.

"은하야, 밖에서 기다릴게!"

상담실 문이 닫히자, 쿵쿵 심장이 뛰었다.

팔짱을 낀 채 나를 가만히 바라보던 송 쌤이 낮은 목소리로 물었다.

"다미가 바꿔 달라고 했어?"

"아, 아니요!"

송 쌤 미간에 깊은 주름이 생겼다.

"며칠 전에 다미 엄마가 전화를 하셨어. 다미가 자리를 바꾸고 싶어 한다고. 근데 내가 안 된다고 그랬어. 다미가 원하는 자리가 센터였거든. 그런데 정작 너는 자리를 바꾸고 싶어 하네. 다미 때문이야? 다미가 계속 부탁해서 어쩔 수 없었던 거야?"

마음 같아서는 그렇다고 하고 싶었다. 하지만 그랬다가는 겨우 달래 놓은 다미 마음이 다시 닫힐 것이고 나는 또 학교에서 혼자가 될 것이다. 나는 입을 다무는 쪽을 택했다. 송 쌤에게 너무 죄송해서 고개가 절로 숙여졌다. 반면에, 쌤은 끝까지 나를 설득하려 했다.

"선생님은 네가 센터를 맡았으면 해. 내가 욕을 먹더라도 네가 원하면 원래대로 할게. 그만큼 우리 팀엔 네 실력이 필요해."

평소 같았으면 감동해서 눈물이 나왔을 말이었다. 그런데 오히려 괴롭기만 했다. 지금 나에게는 춤보다도, 존경하는 선생님의 기대보다도 다미가 중요했으니까.

"죄송해요. 센터는…… 부끄러워서 못 하겠어요."

내가 말도 안 되는 변명을 하자 쌤은 안타까운 탄식을 내쉬었다. 내가 송 쌤을 실망시킨 걸까? 심장이 철렁 내려앉았다.

"알았어, 그럼. 할 수 없지."

"죄송합니다……."

꾸벅 인사를 하고 발길을 돌리려 할 때였다.

"아무리 친구가 중요하다지만……."

"네?"

송 쌤이 고개를 저었다.

"아니야. 잘 가."

학원 밖에서 다미가 기다리고 있었다. 내가 나오자 가까이 다가와 내게 팔짱을 꼈다.

"선생님이 뭐라셔?"

"별거 아니야."

"뭔데, 뭔데."

"왜 자리를 바꾸려 하냐고 물으셔서……."

"그래서? 넌 뭐라고 말했는데?"

궁금하다는 듯 눈을 반짝이는 다미를 보고 있으니 원망스러운 마음이 불쑥 올라왔다.

'다미, 너 이번엔 정말 너무했어.'

하지만 어디까지나 생각일 뿐, 겉으로 티를 낼 수는 없었다. 나는 속상한 마음을 가까스로 다스리고 표정을 밝게 고쳤다.

"부끄러워서 센터는 못 하겠다고 했어."

"정말? 그럼 이 자리 그대로 되는 거야?"

"응."

다미 얼굴에 함박웃음이 걸렸다.

"고마워, 은하야. 넌 역시 착해. 너밖에 없어!"

다미는 이럴 게 아니라 코인 노래방이라도 가자며 민지를 부르자고 했다. 하지만 나는 도무지 그럴 기분이 아니었다. 슬쩍 다미 팔짱을 빼내며 어색하게 웃었다.

"미안한데, 나 몸이 좀 안 좋아. 난 먼저 집에 갈게. 둘이 가."

다미가 눈썹을 찌푸리며 우는소리를 했다.

"많이 안 좋아? 네가 빠지면 무슨 재미로 놀아. 난 너랑 베스튼데."

베스트. 전에는 너무 달콤했던 그 말이 오늘은 쓰기만 했다. 배도 계속 아팠다. 몸도 마음도 지쳐서 얼른 집에 가고 싶은 생각뿐이었다. 하지만 다미는 두 번 세 번 강하게 권유했다. 마치 며칠간 놀지 못한 걸 오늘 다 풀고 싶다는 듯. 그럴수록 배가 점점 더 아파 왔다. 심지어 식은땀이 나서 서 있기도 힘들었다.

"오늘은 정말 안 되겠어. 미안해."

나는 다미 손을 뿌리치고 발길을 돌렸다.

그때였다.

"설마 너 또 아프다고 하고 지은이 만나러 가는 건 아니지?"

"뭐? 말도 안 돼, 절대 아니야!"

내가 펄쩍 뛰자, 굳어 있던 다미 표정이 풀렸다.

"농담이야. 푹 쉬어."

농담할 게 따로 있지, 어떻게 그런 말을……. 다미가 아직 나를 믿지 못하나 싶어 서글프면서도 억울했다. 몰래 지은이 만난 게 그렇게 잘못한 건가? 그때는 그 방법 말고는 다른 수가 없어서 그랬는데.

다미에게 대충 인사하고 걸음을 돌렸다. 얼른 집으로 돌아가 침대에 눕고만 싶었다.

그날 저녁, 화장실을 몇 번이나 들락날락했다. 심하게 체했는지 속을 게워 냈더니 머리가 너무 아팠다. 먹을 줄도 모르는 매운 음식을 잔뜩 먹고, 송 쌤에게는 하기 싫은 말까지 했으니 그럴 만도 했다. 앉을 기운도 없어 초저녁부터 드러누워 있었다. 머리가 지끈거려 잠들기도 힘들었다.

음악이라도 들으면 나을까 싶어 휴대전화로 가디언스의 노래를 틀었다. 가디언스의 목소리를 들으니 아픔이 한결 가시는 것 같았다. 그때 휴대전화 화면에 민지의 개인 메시지가 떴다.

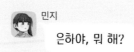

민지
은하야, 뭐 해?

민지와 둘만 연락한 적은 거의 없었다. 늦은 저녁, 그것도 갑작스러운 연락에 조금 놀랐다. 메시지를 보낼 기운조차 없었지만, 그래도 무시할 수는 없었다.

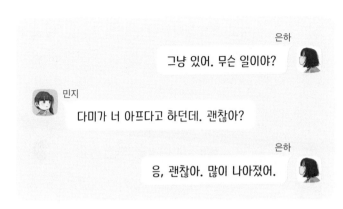

민지는 걱정이 되어 연락해 본 거라고 했다. 그러고는 네가 없어서 다미와 둘이서만 코인 노래방을 다녀왔다며 사진을 보내 주었다. 카메라를 바라보는 두 사람 머리에 토끼 머리띠 필터가 씌워져 있었다.

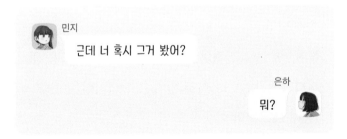

민지가 캡처한 사진을 보내 주었다. 다미 SNS 상태 메시지에 쓰여 있는 글이었다.

누가 바꿔 달라고 협박했어? 니가 바꿔 준다고 해 놓고 웬 썩은 표정? 짜증 나.

은하

저격 글이네? 누굴 저격한 거지?

 민지

헉, 너 모르고 있구나. ㅠㅠ
다미 프로필 사진 확대해 봐.

안 그래도 몸이 좋지 않은데 알쏭달쏭한 말만 하는 민지가 조금 성가셨다. 대체 뭘 어쩌라는 건지. 다시 보니 다미 프로필 사진은 흰 바탕에 검은 점 몇 개만 찍혀 있을 뿐이었다.

한편으로는 불길했다. 전에 없던 민지의 연락은 내가 걱정되어서라기보다 이걸 말하고 싶어서인 듯했다. 다미 상태 메시지의 이상한 글귀, 그리고 민지의 알 수 없는 이야기까지. 일이 이상하게 흘러가는 것 같았다.

나는 꿀꺽 침을 삼키며 다미 프로필 사진을 확대했다. 그리고 그것을 보게 됐다. 역시 흰 바탕의 까만 점은 단

순한 점이 아니었다. 그건 아주 작게 축소한 글자였다.

'JEH.'

프로필에 적힌 이니셜을 확인하기 무섭게 민지의 메시지가 이어졌다.

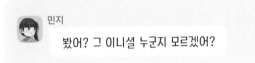

그 순간, 심장이 쿵 내려앉았다.

'설마, 아닐 거야.'

하지만 너무나도 익숙한 그 이니셜은…….

'JEH, 설마…… 내 이름 정은하?'

아무리 봐도 내 이름 같았다.

10
넘어서는 안 될 선

"다미야, 물어볼 게 있는데 잠깐 화장실에서 얘기할
수 있어?"

다음 날 1교시가 끝나고 나는 복도에서 만난 다미에
게 무거운 마음으로 물었다. 둘이 이야기하라며 민지가
빠져 주었다.

다미는 어깨를 으쓱하더니 먼저 화장실로 향했다. 나
는 떨리는 숨을 고르며 다미를 뒤따랐다.

분위기가 심상치 않으니 화장실에 있던 아이들이 자
리를 비켜 줬다. 다미는 아무것도 모른다는 얼굴로 내
게 물었다.

146

"할 말이 뭔데?"

정말로 다미가 나를 저격한 건지 직접 확인하고 싶었다. 아직까지는 아니라고 믿고 있었다. 이런 걸 물어야 하는 상황이 너무나도 싫었지만, 나는 입술을 질끈 깨물고 프로필 캡처 사진을 내밀었다.

다미가 사진을 힐끗 보더니 부루퉁한 표정을 지었다. 대답하기 싫다는 뜻 같았다. 그래도 나는 알고 싶었다.

"네가 한 거 맞아?"

제발 아니라고 답해 주길, 나를 저격한 게 아니라고 말해 주길 간절히 바랐다. 이윽고 다미가 차가운 목소리로 말했다.

"맞아. 내가 했어."

머릿속이 하얘졌다.

"왜?"

내 목소리가 바르르 떨렸다. 차라리 다미가 발뺌이라도 했다면 좋았을걸. 다미가 아니라고 했다면 나는 그렇게 믿었을 거다. 믿기지 않아도 어떻게든 믿어 보려 했을 거다. 그러나 다미는 아무렇지 않게 인정해 버렸다.

다미가 인상을 찌푸렸다.

"솔직히, 좀 짜증 났어."

"뭐가? 뭐가 짜증 났어?"

다미는 내가 캐묻는 게 싫은지 신경질을 냈다.

"내가 그걸 다 말해야 해? 그리고 너한테 그런 것도 아닌데 왜 뭐라고 하는 거야?"

이건 또 무슨 소리지? 나한테 한 게 아니라니.

"날 저격한 게 아니라고? 그럼 이건 뭔데?"

나는 사진을 확대에 이니셜을 보여 주었다. 다미 표정이 어이없다는 듯 일그러졌다.

"이게 뭐?"

"내 이니셜이잖아. 이게 나 아니면 누군데? 누굴 저격한 거야? 말해 줘. 말해 주면 믿을게."

내가 애원하자 다미는 코웃음을 쳤다.

"너 아니라고! 그리고 내 프로필에 뭘 쓰든 네가 무슨 상관인데?"

다미가 버럭 소리를 높여서 깜짝 놀랐다.

"다미야……."

다미가 나한테 소리를 지르다니. 한 번도 이런 적 없었는데. 게다가 다미 표정이 평소와는 전혀 달랐다. 지은이를 욕할 때 보이던 싸늘한 눈빛이었다.

참아 왔던 억울함이 터져 나왔다.

"나 맞잖아. 누가 봐도 내 이니셜인데!"

분명 내 이니셜인데, 왜 아니라고 하는 거지? 아닌 척하지만 요즘 나를 마음에 들어 하지 않는 걸 느꼈는데. 그래도 나는 최선을 다했는데 왜 나를 저격한 거야? 그 모든 말을 담아 나도 다미를 쳐다보았다.

그러면서도 다미와 대치하는 이 순간이 끔찍했다. 좋게 대화로 풀려고 했는데, 어째서 이 지경까지 왔는지. 우리 둘 사이가 꼬여도 너무 꼬여 버렸다. 어디서부터 풀어야 할지 가늠조차 되지 않았다.

쉬는 시간 끝나는 종이 울렸지만 우리의 마음은 영원히 만나지 않을 것처럼 팽팽한 평행선을 달렸다.

마침 화장실 문이 열리고 우리 반 회장이 얼굴을 빼꼼 내밀었다.

"은하야, 선생님이 얼른 오라고 하시는데."

회장은 분위기가 심상치 않음을 느꼈는지 눈치만 보다가 도로 문을 닫았다. 먼저 걸음을 돌린 건 다미였다.

나는 다미를 불렀다.

149

"어디 가? 나 말 안 끝났는데."

내가 들어도 뾰족한 말이어서, 말하는 내가 다 놀랐다. 다미도 성난 목소리로 대꾸했다.

"너랑 더 할 말 없어. 그리고 수업 종 쳤잖아."

다미가 문을 박차고 나갔다. 문이 몇 번 출렁이더니 이내 멈추었다. 그제야 정신이 들면서 온몸의 힘이 쭉 빠졌다.

'내가 다미랑 싸우다니.'

절대 넘어서는 안 될 선을 넘어 버렸다. 나는 떨리는 눈으로 다미가 사라진 문을 바라보았다. 왠지 저 문이 다시는 열리지 않을 것 같았다.

우울해서 아무것도 하고 싶지 않았다. 집에 돌아와 방문을 닫고 종일 침대에 누워만 있었다. 이어폰을 꽂고 가디언스의 노래에 집중했다. 그러나 이번에는 가디언스도 도움이 되지 않았다. 자꾸 눈물이 나고 가사는 귀에 들어오지도 않았다. 뒤돌아 멀어지던 다미의 뒷모습만 머릿속에 맴돌았다.

혹시나 다미가 저격 글을 지우지는 않았을까 틈만 나

면 다미 프로필을 확인했다. 그러나 다미 프로필은 아직 바뀌지 않았다. 그 말은 바꿀 생각이 없다는 거다. 다미와 나는 앞으로 어떻게 될까? 생각할수록 한숨만 나왔다.

누구에게 말이라도 하고 싶은데 오늘따라 집이 너무 조용했다. 오빠도 친구들과 놀러 나가고 없었다.

나는 엄마에게 전화를 걸었다.

"어, 딸."

"엄마, 바빠?"

"엄마 장사 준비하느라 바쁘지. 왜, 무슨 일인데?"

"아니, 그냥."

"우리 딸 목소리가 왜 이래? 힘이 없어 보이는데? 학교에서 무슨 일 있었어?"

"아니, 아무 일도 없어."

"아무 일도 없긴. 엄마는 우리 은하 목소리만 들어도 알아. 무슨 고민 있어?"

그 말을 듣는데 참았던 눈물이 터졌다. 엄마가 놀라서 물었다.

"은하야, 울어?"

"아니야……."

나는 억지로 눈물을 삼켰다.

다미를 따르자니 지은이가 걸리고, 지은이가 궁금해지니 다미가 돌아섰다. 친구 사이가 이렇게 힘든 거라면 차라리 지은이도 다미도 없는 곳에서 혼자 지내고 싶었다. 그럼 마음이 편할까? 모르겠다. 나는 수학도 친구 관계도 둘 다 잘 못하지만, 수학은 정답이라도 있지. 친구 관계는 정답을 알 수가 없었다.

엄마가 지금 집에 오겠다는 걸 말렸다. 그 대신 엄마에게 다른 답을 구했다.

"엄마는 만약 베프랑 싸우면 어떻게 풀 것 같아?"

"베프랑 싸워? 너 다미랑 싸웠어?"

눈치 빠른 엄마가 금방 알아채고 물었다. 나는 깜짝 놀라서 말했다.

"싸우긴 누가 싸워! 우리 사이좋아."

"당황한 거 보니 싸웠네."

"진짜 아니라니까……."

나는 손톱 끝을 물어뜯다가 한숨을 내쉬며 솔직하게 털어놓았다. 오늘 학교 화장실에서 서로 언성 높이며 싸웠다고.

엄마가 왜 싸웠는지 이유를 물었다. 어디서부터 이야기해야 할까? 코인 노래방에 같이 가지 않아서? 춤 대형을 기분 좋게 바꿔 주지 못해서? 지은이와 놀이공원에서 같이 다니고 심지어 몰래 만나기까지 해서? 그 모든 게 다미와 싸우게 된 이유일지 모른다.

내가 말을 잇지 못하자 엄마는 답답해하면서도 내 편을 들었다.

"다미 걔가 약아서 친구들 휘두르는 편이지?"

"아니야. 엄마는 잘 모르면서 함부로 말하지 마."

"아니긴 뭐가 아니야. 너도 다미 말이라면 꼼짝 못 하잖아. 친구 따라 강남 간다고, 너 다미가 하자면 뭐든 다 하지?"

"아니라니까. 다미가 얼마나 배려해 주는데."

여태껏 내 편을 들어 주던 엄마가 태도를 바꾸었다. 휴대전화 너머로 엄마의 성난 목소리가 넘어왔다.

"다미만 네 친구야? 이번 기회에 정리하고 다미랑 놀지 마."

다미와 놀지 말라고? 그건…… 생각만으로도 싫다.

"엄마, 나한테는 다미가 너무 소중해. 다미가 없었다

154

면 나는……."

아마 아직도 외톨이였을 거다.

"난 다미랑 잘 지내고 싶어."

그리고 지은이 문제도 해결하고 싶다. 나는 그저 다 같이 잘 지내길 바랄 뿐이다.

엄마는 답답한 듯 한숨을 쉬었다.

"은하야, 엄마는 걱정돼. 너 다미랑 다니면서…… 에휴, 아니다."

엄마는 할 말을 참는 듯했다.

"나중에 얘기하자. 엄마 일해야 해."

엄마가 전화를 끊었다. 혹시 답을 얻을 수 있을까 기대했지만 답답함은 여전했다. 나는 저장해 둔 저격 글 사진을 열었다. 나를 저격한 것 같은데, 다미는 아니라고 했다. 눈 한번 꾹 감고 아니라고 믿으면 다시 다미와 좋아질 수 있을까? 사진을 뚫어지게 바라보다가 손을 빠르게 움직였다.

'그래, 믿어 보자.'

삭제 버튼을 눌러 사진을 지우고 나니, 나도 모르게 깊은 한숨이 흘러나왔다.

이게 정말 맞는 걸까? 불편한 마음은 여전했지만, 이렇게 해서라도 아무 일 없던 과거로 돌아가고 싶었다.

"미안해."

내가 사과하자 다미가 코웃음을 흘렸다.

"뭐가 미안한데?"

"전부 다."

다미가 고개를 저으며 말했다.

"난 네가 무슨 말 하는지 모르겠어."

"함부로 의심해서 미안. 네가 날 저격할 리 없는데."

내가 다시 한번 사과하자 다미 표정이 한결 풀렸다. 다미는 속상하다는 듯 한숨을 쉬면서 손바닥을 내밀었다. 악수하자는 건가?

"휴대전화 줘 봐."

"휴대전화?"

내가 머뭇대자 다미가 빨리 달라는 듯 재차 손을 흔들었다. 내키지 않았지만 휴대전화를 건넸다. 다미가 비번을 풀어 달라고 해서 휴대전화 잠금까지 풀어 주었다.

"근데 왜? 뭐 하려고?"

다미는 답도 없이 내 SNS 앱을 켜더니 지은이와의 대화방을 찾아냈다. 그러고는 스크롤을 쭉쭉 올리며 대화 내용을 살폈다. 끔찍한 기분이었지만 꾹 참았다.

대화 내용은 별거 없었다. 놀이공원에서 나누었던 일상적인 대화 그리고 지은이가 가디언스 팬이란 걸 알게 된 날 주고받은 가디언스 사진이나 영상 자료 링크가 다였다. 그런데도 다미 표정이 딱딱하게 굳었다.

다미가 내 눈앞에 대화방이 켜져 있는 화면을 들이밀었다.

"나 이거 싫어."

"응. 미안해."

"사과만 하지 말고. 진짜 지겨워."

다미는 나에게 휴대전화를 건네고는 할 말이 있다는 듯 팔짱을 꼈다. 나는 휴대전화만 내려다보았다.

이윽고 다미가 넌지시 물어 왔다.

"너, 이지은한테 메시지로 욕할 수 있어?"

너무 놀라서 고개를 번쩍 들었다.

"다미야, 그랬다간 학교 폭력으로 신고당할 수도 있는데……"

"그래야 내가 널 믿겠다면?"

아무리 그래도 이건 아니었다. 지은이에게 그런 걸 보냈다가는 문제가 커질 수 있다. 다미도 그걸 아는지 방금 한 말은 취소하겠다고 했다. 그 대신 자기가 보는 앞에서 당장 대화방을 삭제하라고 했다. 그거야 얼마든지 할 수 있었다. 나는 주저하지 않고 대화방을 삭제했다. 지켜보던 다미 표정도 한결 편안해졌다. 하지만 그걸로 다 풀리지 않았는지 다미가 한 가지를 더 요구했다.

"네 프로필 사진에 이지은 저격 글 남겨."

"저격 글?"

내가 사색이 되자 다미는 어려울 것 없다며 덧붙였다.

"상태 메시지 바꾸고 프로필 사진에 이지은 이니셜 남기면 돼. 이지은이 따져도 아니라고 잡아떼면 되고."

그 말을 하던 다미가 아차 싶었는지 입을 다물었다. 역시 상태 메시지에 올린 저격 글은 나 보라고 한 게 맞았다. 그런데도 아니라고 잡아뗀 것이다. 속상하고 억울했다. 그렇다고 내색하지는 않았다. 애써 표정을 밝게 하려 입술 끝을 끌어 올렸다. 다미도 아무 말 없었다.

속으로는 이게 뭔가 싶었다. 내가 왜 이렇게까지 해야

158

하는 걸까? 엄마 말마따나 다미가 하라면 뭐든 하는 꼭 두각시 인형이라도 된 걸까? 그런데도 다미를 놓지 못하다니. 나는 혼자가 될까 봐 아무것도 하지 못하는 겁쟁이다. 그렇지만 따돌림당해 혼자가 되어 보지 않은 사람은 모른다. 이렇게밖에 할 수 없는 내 마음을.

나는 아무것도 생각하지 않기로 했다. 그저 빨리 다미가 원하는 대로 해 주고 끝내자 싶었다.

넌 뭐가 그렇게 잘나서 사람 마음 무시하고 네 멋대로만 해? 완전 재수 없어.

상태 메시지에 저격 글을 적고, 프로필도 지은이의 이니셜을 점처럼 보이게 설정했다.

"이렇게 하면 돼?"

다미는 내가 내민 휴대전화를 힐끔 보더니 만족한 듯 입꼬리를 올렸다. 그러고는 내 팔짱을 끼며 말했다.

"은하야, 고마워. 난 네가 세상에서 제일 좋아."

"응, 나도."

대답은 그렇게 했지만, 마음은 한없이 무겁기만 했다.

다미와의 다툼은 이로써 해결됐다. 문제는 내 SNS 프로필이었다. 지은이가 혹시 내 저격 글을 보면 어쩌나 걱정됐다. 지은이에게 상처 주고 싶지 않았으니까. 그래서 지은이에게 보이는 프로필을 다른 멀티 프로필로 바꾸어 놓았다. 다미를 속이는 거지만, 지금으로서는 이게 내가 할 수 있는 최선이었다.

다미는 화해 기념으로 주말에 신나게 놀자고 했다. 우정 파티를 하자면서 말이다. 모든 게 원래대로 돌아가는 것만 같았다. 주말이 되기 전까지는.

약속 장소로 나갔을 때, 나는 눈을 의심했다.

"은하야!"

나를 발견한 다미가 반갑게 손을 흔들었다. 그 옆에 낯익은 얼굴이 있었다. 어색한 표정으로 주변을 둘러보던 그 애가 나를 향해 고개를 돌렸다.

'이지은?'

다미가 지은이 팔짱을 끼고 있었다.

11

절교 선언

"지은이, 네가 왜 여길…….."

나는 할 말을 잃고 지은이를 보았다. 다미가 불안해하
는 내 시선을 눈치채고 흥미롭다는 듯 말했다.

"네가 전에 그랬잖아. 지은이랑 잘 지내면 안 되냐고.
그래서 화해하려고 불렀어."

아무렇지 않게 이야기하는 다미의 태도에 입이 바싹
말랐다. 갑자기 무슨 바람이 불어서? 정말 지은이와 화
해한 거야? 차마 다미에게는 묻지 못하고 지은이에게
눈빛을 보냈다.

'어떻게 된 거야?'

하지만 지은이도 영문을 모르는 눈치였다. 아니, 오히려 내게 묻는 듯했다. 네가 날 부른 게 아니었냐고.

나랑 지은이만 모르는 어떤 비밀이 아이들 눈빛을 통해 빠르게 오갔다. 같이 있는데도 혼자가 된 것 같았다. 그러는 중에도 다미는 평소처럼 아이들과 웃고 떠들었다. 나만 빼고 모두가 즐거워 보였다. 지금 이 상황을 바랐던 건 맞지만, 꺼림칙한 기분을 지울 수는 없었다. 저격 글 남기라고 한 지 일주일도 지나지 않았는데, 이제 와서 지은이와 친하게 지내겠다고? 이 상황도, 다미의 말도 믿을 수 없었다.

지은이와 함께 있는 시간은 끔찍하게 길었다. 노래방에 가고, 같이 밥을 먹으러 가고, 공원에서 대화를 나누며 놀 때도 나는 지은이가 신경 쓰여 대화에 제대로 참여하지 못했다. 그렇게 입을 꾹 다문 채 있는 듯 없는 듯 긴 시간을 참았다. 지은이도 두리번거리기만 했다. 잘 웃지도 않고 반응도 조금씩 느렸다. 그렇다고 내가 먼저 다가가기도 다미 눈치가 보였다. 지은이 또한 굳이 먼저 다가오지 않았다.

반면에 다미는 지은이에게 살갑게 굴었다. 초청에 응

해 주어서 고맙다는 둥, 우리가 좀 시끄러우니 이해해
달라는 둥 며칠 전까지 지은이를 그렇게 싫어하던 다미
가 맞나 싶었다.

공원에서 놀던 우리는 편의점에서 아이스크림을 사
왔다. 아이스크림을 먹으며 이야기를 주고받을 때였다.
다미가 내 어깨에 손을 올렸다. 나도 모르게 흠칫 몸을
떨었다.

"오늘 은하가 말이 없네?"

다미가 남몰래 내게 한쪽 눈을 찡긋하더니 지은이를
향해 고개를 돌렸다.

"지은아, 그거 알아? 은하, 춤 엄청 잘 춘다? 가디언스
인가? 은하야, 너 그 아이돌 춤 잘 추잖아."

"어? 가, 갑자기 그건 왜?"

또 무슨 말을 하려고 그러는 걸까. 가디언스 이야기
가 갑자기 왜 나오나 싶었다. 제발 그만했으면 좋겠는
데……. 그러나 다미는 자꾸만 가디언스를 입에 올렸다.
가디언스가 왜 인기가 없는지 모르겠다느니, 최근에 새
로운 노래가 나오지 않았냐느니. 급기야 지은이에게 너
도 가디언스를 좋아하지 않느냐고 물었다.

"은하랑 둘이 메시지로 정보도 주고받고 그러지?"

의도를 알 수 없는 다미의 행동에 나는 어쩔 줄 모르고 발만 동동 굴렀다.

"다미야, 가디언스 얘기는 그만하면 안 될까?"

내가 애원하듯 말했지만 소용없었다. 다미는 뭐 어떠냐면서 대수롭지 않게 말을 이었다.

"아이, 왜? 나도 가디언스에 관심 생겨서 그러는데. 지은이도 좋아한다 그리고."

그때였다. 잠자코 있던 지은이가 다미를 물끄러미 바라보며 말했다.

"오늘 나 부른 이유가 뭐야?"

꽤 무뚝뚝한 말투였다. 분위기가 차가워지자 다미가 당황스럽다는 듯 웃었다.

"내가 뭘? 같이 잘 지내 보자고 부른 건데, 왜 갑자기 정색을 하고 그래."

다미가 동의를 구하듯 주변을 돌아보았다. 그러자 모두 고개를 끄덕이며 다미 편을 들었다. 미리 짜기라도 한 것처럼. 다미는 그것 보라는 듯 어깨를 으쓱하더니 갑자기 생각난 게 있다며 호들갑스레 휴대전화를 켰다.

"그러고 보니 대화방 초대도 안 했네. 우리 대화방 있거든. 지은아, 초대해도 되지? 맞다. 은하 너, 프로필 바꿨더라? 지은아, 은하 프로필은 꼭 봐야 해."

나는 너무 놀라서 큰 소리로 다미를 말렸다.

"다미야, 잠깐만!"

그 순간, 다미가 날카로운 얼굴로 나를 노려보았다. 나서지 말고 잠자코 있으라는 듯한 눈빛. 다미가 금세 표정을 바꾸고 지은이를 향해 활짝 웃었다.

"지은아, 초대했어."

그때 지은이가 더는 참지 못하겠다는 듯 자리를 박차고 일어났다. 지은이는 휴대전화를 확인하고 방금 초대된 단체 대화방에서 나가더니, 걸음을 돌렸다.

다미가 지은이를 불러 세웠다.

"지은아, 너 어디 가?"

지은이가 걸음을 멈추고 퉁명스러운 얼굴로 다미를 돌아보았다.

"혹시 좀 달라졌을까 기대했는데 넌 그때나 지금이나 여전히 별로구나?"

다미는 웃고 있었지만, 웃는 게 웃는 게 아니었다.

"무슨 말이야? 내가 별로라니?"

다미는 억지웃음을 짓느라 얼굴이 빨개졌다. 그 모습을 본 지은이가 작게 코웃음을 쳤다.

"정은하 몰래 초대하는 거니까 비밀로 해 달라며. 은하 놀라게 해 주자며. 그런데 다 거짓말이었나 봐? 나한테 뭘 보여 주려고 대화방에 초대하는 건데?"

지은이가 나를 바라보았다. 그 눈빛에서 나를 안타까워하는 마음이 느껴졌다. 그렇다고 나에게 말을 걸지는 않았다. 지은이는 눈길을 거두고 걸음을 돌렸다. 다미 표정이 점점 딱딱하게 굳더니 급기야 멀어지는 지은이를 향해 버럭 소리를 질렀다.

"야, 무슨 말이야! 무슨 말도 안 되는 소리를!"

씩씩대던 다미가 들고 있던 아이스크림을 바닥에 내팽개쳤다. 지켜보던 아이들이 아무 소리도 하지 못하고 얼어붙었다. 나도 눈이 휘둥그레졌다.

다미에게 뒤통수를 세게 맞은 기분이었다. 대체 무슨 이유로 지은이를 부른 건지, 나를 놀라게 해 주자는 말은 무슨 뜻인지 알고 싶었다. 나를 곤란하게 만들려고 작정하지 않고서야 어떻게 이럴 수가.

울컥 화가 나서 나도 모르게 다미를 노려보았다. 고개를 돌리던 다미가 내 성난 눈빛을 알아채고 똑같은 눈빛으로 응수했다. 민지가 왜들 그러냐며 말렸지만 이번에는 도무지 물러설 수 없었다.

나는 진심으로 사과하고 다미가 원하는 대로 다 해 줬는데, 이건 해도 해도 너무했다. 하지만 다미는 미안하다는 말 한마디 없이 코웃음만 흘린 채 자리를 떠났다.

이대로 다미를 보낼 수 없었다. 무슨 말이라도 좋으니 오늘 일에 대한 해명을 듣고 싶었다. 나는 서둘러 다미를 뒤따랐다.

강산아파트 단지에 들어서면서부터 계속 다미를 불렀다. 다미는 한 번도 돌아보지 않았다. 심지어 공동 현관문을 열고 곧장 집으로 들어가려 했다.

나는 급히 달려가 다미 팔을 붙잡았다.

"다미야, 잠깐만!"

"이거 놔."

다미는 신경질적으로 내 손을 뿌리쳤다.

"얘기 좀 해."

"할 말 없어."

"난 할 말 있어. 많아!"

마침 할머니 한 분이 지나가려 했다. 우리가 앞을 가로막고 있으니 인상을 쓰며 불편한 헛기침을 했다. 나는 얼른 비켜섰지만 다미는 입술을 일그러뜨리며 할머니를 노려봤다. 할머니가 놀 거면 나가서 놀라는 말을 남기고 사라졌다. 할머니가 쯧쯧 혀를 차서 내가 대신 사과드렸다.

다미는 그새를 참지 못하고 집으로 들어가려고 했다. 나는 엘리베이터 버튼을 누르는 다미를 가로막았다.

"얘기 좀 하자니까!"

다미가 팔짱을 끼며 말했다.

"해."

"여기서?"

"왜? 여기서 못 할 말이야?"

누가 봐도 싸우자는 투였다. 다미는 내 눈을 피하며 나를 제대로 쳐다보지도 않았다. 삐딱하게 서 있는 모습에서도 기분 나쁜 티가 팍팍 났다. 나 역시 흥분한 상태였지만, 다미가 거칠게 나오자 오히려 차분해졌다.

나는 최대한 조심스럽게 말을 꺼냈다.

"뭔가 오해가 있는 것 같아."

"무슨 오해?"

그러게. 지금 나는 다미에게 무슨 오해를 품고 있는 걸까? 다미는 나에게 어떤 오해를 하는 걸까? 대체 어떤 오해로 지은이를 불러내고, 대화방에 초대한 걸까?

지레짐작만으로는 풀 수 없는 매듭이 이어졌다. 나는 제대로 된 답을 듣고 싶었다. 왜 자꾸 나를 힘들게 하는지 이유를 알고 싶었다.

나는 그 모든 질문을 한마디로 압축했다.

"너 요즘 나한테 왜 이래?"

다미가 기분 나쁘게 웃었다. 나는 불쾌한 시간이 지나길 묵묵히 기다렸다. 잠시 후, 웃음을 멈춘 다미가 차가워진 얼굴을 들었다.

"누가 먼저 배신했는데."

"배신? 지은이랑 만난 것 때문에 그래? 그건 끝난 일이잖아. 아직도 그 일 때문에 이러는 거야? 오늘 지은이는 왜 부른 거야? 단톡방 초대는 뭐고?"

미안하다고 한 번만이라도 사과해 주길. 사과 한 번이

면 그냥 넘어가 줄 수 있었다. 하지만 다미는 코웃음으로 말문을 열었다.

"너, 프로필 바꾼 거 지은이한테 안 보이게 멀티 프로필로 바꿨지?"

"어?"

나는 한순간 당황해서 입만 벙긋거렸다. 곧 다미의 분노에 찬 목소리가 이어졌다.

"내가 모를 줄 알았어? 다른 애들 통해서 알아봤지. 나한테만 저격 프로필 설정하고, 다른 애들은 다른 프로필로 해 놨더라? 그걸 왜 나한테만 보여 줘? 이지은한테 보여 줘야지! 그렇게까지 해서 날 속이고 이지은한테 잘 보이고 싶었어?"

"아, 아니야! 정말 그런 거 아니야!"

오해였다. 내가 프로필을 바꾼 건 지은이에게 잘 보이고 싶어서가 아니라, 지은이에게 상처 주고 싶지 않아서였다. 그러나 이 말을 하면 다미의 오해가 풀리기는커녕 더 커질 것이다. 애초에 다미가 내게 원한 건 지은이에게 상처 주는 것이었으니까.

다미는 말 나온 김에 끝장을 볼 생각인 듯했다.

"난 분명 얘기했어. 너랑 이지은이랑 친하게 지내는 거 싫다고. 근데 넌 내 말을 완전 무시했어. 그래서 이지은을 초대한 거야. 네가 어떻게 나오나 네 진심을 확인하려고. 역시 너는 이지은이 알게 될까 봐 쩔쩔매더라? 그러면서 뭐? 나한테 왜 이러냐고? 너야말로 나한테 왜 이래?"

그 말을 끝으로 다미가 걸음을 돌렸다.

나는 다급히 소리쳤다.

"다미야, 알잖아! 난 정말 너밖에 없어."

그러나 다미는 공을 던지고 또 던져도 다시 튕겨 내는 단단한 벽 같았다. 더는 듣기 싫다는 듯 다미가 엘리베이터에 올라탔다.

그러고는 열림 버튼을 누른 채 말했다.

"나는 너랑 다시 잘 지내 보려 했어. 너에게 기회도 줬고. 그런데 넌 끊임없이 거짓말했어. 나는 그게 기분 나빴던 거야. 네가 어떻게 나한테 그럴 수 있어?"

다미는 감정이 울컥하는지 목소리가 떨리더니 심지어 눈물까지 보였다.

"우리가 이렇게 된 건 전부 너 때문이야."

"앞으론 안 그럴게……."

"아니, 늦었어. 이제 널 못 믿겠거든."

다미의 차가운 선언에 내 심장이 얼어붙었다.

"절교하자. 우린 끝이야."

그 말을 끝으로 엘리베이터 문이 닫혔다. 숫자가 한 층 한 층 올라가기 시작했다. 반대로 내 세상은 와르르 무너져 내렸다.

12
태양을 벗어난 행성

지난 주말 다미와 지은이 사이에 있었던 일이 아이들 입에 오르내렸다. 지은이가 다미 무리와 함께 놀러 갔다가 이상한 소리를 하는 바람에 다미를 힘들게 했다고. 다미가 소리 지른 것도 지은이가 먼저 시비를 거는 바람에 그렇게 된 거라는 소문이었다.

절교하자는 다미 말은 진심이었나 보다. 다미는 나에게 눈길 한번 주지 않았다. 힘들어하는 기색도 없었다. 평소처럼 복도에서 민지와 수다를 떨었고, 아이들과 팔짱을 끼고 우르르 화장실로 몰러다녔다.

달라진 게 있다면 다미 옆자리에 내가 없다는 것뿐이

었다.

전에 없던 냉각기였다. 하루, 이틀이 지나 사흘이 되었는데도 다미와 내 사이는 나아지는 게 없었다. 다미는 나를 없는 사람 취급했다.

다미가 없는 세상은 꼭 무인도 같았다. 점심시간, 아이들이 늘 모이던 그네 옆 벤치로 가면 다미와 아이들이 교실에 들어가 봐야겠다며 흩어졌다.

교실에서도 상황은 달라지지 않았다. 인사하고 지내던 아이들이 내 주변에 눈길도 주지 않았다. 장난치기 좋아하는 남자아이들이 한 번쯤 툭 치고 도망갈 법도 한데, 그런 일도 싹 사라졌다. 쉬는 시간에 다리 찢기 놀이를 하거나 휴대전화로 노래를 틀어 놓고 춤 연습을 할 때도, 내가 다가가면 끝이 났다.

학교 가는 게 즐겁지 않았다. 쉬는 시간에는 자리에 엎드려만 있었다. 같이 놀던 아이들이 나만 빼고 놀 때 그 웃음소리가 귓가에 파고들면 그대로 울고 싶어졌다. 다른 무리에 끼고 싶지도 않았고, 무리의 아이들이 끼워 주지도 않을 것이다. 그 아이들도 다미 눈치를 보니까. 그리고 나 또한 다미가 아니면 안 될 것 같았다.

나는 이제 어떡해야 할까?

다미가 절교 선언을 한 지 오늘로 열흘이 지났다. 어제 점심시간에는 5교시가 체육이라 미리 운동장에 나갔다가 민지를 만났다. 다미는 없었고 민지는 자기 반 친구들과 함께였다.

나를 보지 못한 척 지나치려는 민지를 붙잡았다.

"민지야, 어디 가?"

민지는 자기 옷깃을 잡은 내 손을 내려다보더니 불쾌한 듯 슬며시 빼냈다. 그러고는 구겨진 부분을 탁탁 털며 말했다.

"선생님이 일찍 들어오라고 하셔서."

"점심시간 끝나려면 아직 십 분이나 남았는데?"

"몰라. 근데 왜?"

퉁명스러운 민지의 말투에 심장이 콩알처럼 작아졌지만, 두 주먹을 꼭 쥐고 용기를 내 보았다.

"다미는 요새 잘 지내?"

다미와 내가 그렇게 되고, 민지는 다미와 더욱 가깝게 지내는 듯했다.

"네가 무슨 상관인데?"

민지가 어이없다는 듯 코웃음을 치고 친구들과 함께 걸음을 돌리려 했다.

그때, 나도 모르게 속에 있던 말을 툭 꺼내고 말았다.

"나 왕따당하는 거지?"

나만 빼고 다시 만들었을 대화방에서 얼마나 많은 말이 오갈지 생각하면 심장이 철렁했다.

민지는 무슨 소리를 하냐는 듯 이맛살을 구기더니 같이 있던 아이들을 먼저 교실로 보냈다. 그러고는 나를 노려보며 따지듯이 물었다.

"왕따라니? 우리가 너 괴롭힌 적이라도 있어?"

괴롭힌 건 아니다. 하지만 얼마 전까지만 해도 마주 보고 웃던 아이들이 하루아침에 등을 돌린다는 게 믿기지 않았다. 따돌리는 게 아니고서야 설명이 가능한가? 하지만 민지는 끝까지 아니라고 했다.

"이렇게 된 거, 솔직히 말할게."

민지가 내 눈을 똑바로 보았다.

"우리 잘 안 맞았잖아. 안 맞아서 안 노는 기야. 널 따돌리는 게 아니고."

"무슨 소리야? 우리가 잘 안 맞는다니?"

나는 단 한 번도 그렇게 생각해 본 적이 없다. 다미만큼은 아니지만 민지와도 제법 잘 맞는다고 생각했다. 그런데 막상 민지 입으로 그런 이야기를 들으니 지난 추억에 몽땅 빨간 엑스표를 당한 기분이었다.

민지는 내 마음도 모르고 폭탄 발언을 이어 갔다.

"다미 아니었으면 너도 나랑 안 놀았을 거잖아."

"아니야. 난 너 좋아했어!"

내가 소리를 높이자 민지의 눈빛이 흔들렸다.

"정말이야. 진짜 친구로 생각했다고."

가슴이 울렁거렸다. 금방이라도 눈물이 나올 것 같은데 꾹 참았다. 민지는 생각이 많아졌는지 얼굴이 일그러졌다. 하지만 아주 잠깐일 뿐, 이내 단호해졌다.

"다미가 너랑 완전히 절교했대. 다시는 보고 싶지 않다더라."

다시 들어도 익숙해지지 않는, 사형 선고 같은 말이었다. 온몸에 힘이 쭉 빠졌다. 민지는 잔인하게도 나를 또 한 번 깊이 찔렀다.

"솔직히 아이들이 널 피하는 건 네가 다미랑 멀어져

서가 맞아. 하지만 그렇다고 널 따돌리는 건 아니지. 넌 아니라고 하겠지만, 우린 친구가 아니라 다미 때문에 그냥 같이 다니는 거였어. 너나 나나 다미가 없으면 안 되니까."

단지 다미 곁에 있다 보니 함께하게 되었을 뿐이라니. 민지 말이 뼈아프게 느껴졌다.

민지는 아니라고만 하지 말고 생각해 보라고 했다.

"너도 그럴 거잖아. 내가 다미랑 멀어지면, 날 택할 거야? 다미 버리고?"

민지는 고개를 휙 돌리고 내게서 멀어져 갔다. 나는 충격이 너무 커서 한동안 그 자리에 멍하니 서 있을 수밖에 없었다.

체육 시간이 됐는데도 넋이 나간 사람처럼 있었다. 운동장을 두 바퀴 뛰는 동안에도, 준비 체조를 하는 동안에도 민지가 했던 말이 떠올라 자꾸만 멈칫댔다.

곰곰이 생각해 보면, 민지 말이 맞는지도 모르겠다. 내가 민지와 어울렸던 건 다미 때문일 것이다. 우리 관계의 중심에는 언제나 다미가 있었다. 다미를 중심으로 뭉쳤고, 다미에 의해 움직였다. 다미는 태양이었고, 우리는 그 주변을 도는 행성이었다. 태양에 조금이라도 가까워지기 위해 경쟁하듯 돌고 도는 행성.

그러던 중, 내가 태양으로부터 멀어졌다. 나는 더 이상 다미를 중심으로 돌지 못했다. 당연하게도, 다른 행성들은 태양을 벗어난 행성을 외면했다.

이제 민지와 나 사이에는 머나먼 거리 말고는 아무것도 남지 않았다. 우리는 그런 사이였다. 다미가 민지와 멀어졌으면, 나도 민지를 버렸을까? 아니라고 확신할 수 없었다. 문득 민지에게 미안해졌다. 아까 민지에게 진짜 친구 운운한 것도 돌아보게 됐다. 궁지에 몰린 나머지 지푸라기라도 잡는 심정으로 빈 껍데기 같은 말을 한 건 아닐지.

이제는 뭐가 뭔지 모르겠다. 나는 내리쬐는 햇볕과 모래 먼지 사이에서 거친 숨만 몰아쉬었다.

선생님이 체력 평가를 마친 기념으로 피구를 하자고 했다. 피구를 잘하는 연희와 선혜가 대표가 되어 팀을 뽑았다. 전 같았으면 다미와 친하게 지내는 연희 편이 되었을 거다. 하지만 이번에는 연희가 나를 뽑아 주지 않았다. 그닥 친하지 않은 선혜도 처음에는 나를 뽑지 않다가 거의 막바지에 나를 뽑았다. 지은이는 다른 편이었다.

나도 모르게 지은이를 멍하니 바라보았다. 지은이도 눈치를 채고 나를 빤히 보다가 고개를 돌렸다. 지은이 주변에도 나처럼 친구가 하나도 없었다. 그런데도 아무렇지 않아 보이는 지은이가 조금 미웠다. 이런 생각 하면 안 되는 걸 알지만.

'너만 없었다면 아무 일 없었을 텐데.'

처음에는 친구 없이 지내는 지은이가 안쓰러웠다. 새로운 지은이의 모습을 발견했을 땐, 조금 들떴다. 그런데 이제는 지은이가 사라지길 바라고 있다.

나는 왜 이 모양 이 꼴일까?

나는 원래 피구를 좋아했다. 그런데 혼자가 되고 보니 이토록 잔인한 게임일 수가 없었다. 이제 내게는 공을 만져 볼 기회조차 주어지지 않았다.

내가 가장 빨리 아웃이 되었다. 전에는 친한 애들끼리 공격하지 않는다는 우리의 규칙이 통했다. 그 규칙에서 제외되자 사정없이 공이 날아왔다. 수비로 빠지면 소외

된 채 지루한 시간을 견뎌야 했다. 지은이도 나와 똑같은 처지가 되어 멀뚱히 서 있었다. 새삼 지은이는 체육 시간마다 외로웠겠구나 하는 생각이 들었다.

판이 바뀌고 경기가 다시 시작되었다. 이번에도 구석에 박혀 멍하니 있던 내게 빠르게 공이 날아들었다. 하필 그 공이 내 얼굴을 강타했다. 그 순간 눈앞이 번쩍하더니 코가 부러진 것처럼 아파 왔다. 무언가 뜨거운 게 코에서 뚝뚝 떨어졌다.

"코피다!"

한 아이가 외치는 소리에 체육 선생님이 놀라서 다가왔다. 나는 얼른 코를 감싸 쥐었다. 선생님이 한번 보자며 내 손을 떼어 냈다. 손바닥에 붉은 피가 흥건했다. 선생님이 공을 던진 민준이를 나무랐다. 민준이가 헐레벌떡 다가오더니 쩔쩔매며 미안하다고 했다.

"괜찮아."

코피가 나서인지 목소리가 꽉 막혀 있었다. 나는 정말로 괜찮았다. 코피가 난 건 혼자 된 아픔에 비할 바가 아니었다. 신생님이 보건실에 나녀오라고 했다. 민준이가 부축해 준다는 걸 거절했다. 꼴사나운 모습을 보이고

185

싶지 않았다. 보건실로 가는 내내 코피가 흘렀다.

보건 선생님은 깨끗한 수건으로 손과 코를 닦아 준 다음 코를 지혈해 주었다.

"다른 데는 아프지 않고?"

"머리가 조금 지끈거려요."

보건 선생님이 지혈을 위해 코에 작은 솜을 넣어 주며 말했다.

"많이 아프겠는데? 다시 체육 하러 가긴 힘들 것 같아. 곧 하교 시간이니까 여기서 좀 쉬다 집에 갈래?"

나는 그러겠다고 고개를 끄덕였다. 보건실 침대에 누웠는데, 문득 집에 가고 싶어졌다. 내가 다쳐서 집에 간 걸 알면 다미가 어떻게 나올지 궁금했다. 나는 침대에서 몸을 일으켰다.

"선생님, 저 지금 바로 조퇴해도 될까요?"

보건 선생님이 엄마에게 연락해 주었다.

13
낯선 상자

출근하던 엄마가 그냥 집으로 돌아왔다. 보건 선생님 전화를 받고 꽤 놀랐나 보다. 현관에 들어서자마자 나를 찾더니 울상을 지었다.

"세상에, 엄청 부었네. 아프진 않아?"

엄마는 속상해 보였지만, 나는 엄마의 마음까지 헤아릴 여유가 없었다. 엄마 손길마저 성가실 뿐이었다.

"좀 쉬면 괜찮아질 거야."

방으로 걸음을 옮기는데 엄마가 병원에 가 봐야 하는 거 아니냐고 물었다. 나는 엄마 목소리를 듣지 못한 척하고 방문을 잠갔다.

침대에 누워 휴대전화를 켰다. 그러고는 아까 바꿔 두었던 SNS 프로필을 확인했다.

아프다. 하루 종일 아프다. 그만 아팠으면 좋겠다.

다미 보라고 올린 거였는데, 아직까지 아무런 연락이 없었다. 아무리 기다려도 내가 먼저 연락하지 않는 한, 아니 먼저 연락하더라도 답이 오지 않을지도 모른다.

지금까지는 다미가 잘못했어도 내가 먼저 연락하고 풀었다. 아마 이번에도 다르지 않을 거다. 가슴이 찢어질 듯 아팠다. 처음에는 절교의 아픔이라 생각했다. 이제는 뭐 때문에 아픈지도 잘 모르겠다.

저녁에는 송 쌤에게서 톡이 왔다.

송쌤
은하야, 오늘 학원 왜 안 왔어? 다미한테 물어도 잘 모르던데. 다음 시간에는 꼭 보자! 틴틴 페스티벌 본선까지 얼마 안 남았으니 끝까지 파이팅 하는 거야!

'선생님, 죄송해요. 저, 대회 못 나갈지도 몰라요.'

아니, 어쩌면 학원을 그만두어야 할지도 모른다. 다미가 학원에 계속 다니는 이상 내가 다미와 같은 공간에 있을 수 있을까? 송 쌤과 다시는 보지 못한다고 생각하니 가슴이 미어졌다. 그렇다고 다미와 얼굴을 마주할 자신도 없었다.

밥도 굶고 종일 방에만 처박혀 있었다. 시간은 내 기분과 상관없이 흘러갔다. 깊은 밤이 되었지만, 잠이 오지 않았다. 허전한 마음을 달랠 방법이 없어 휴대전화만 붙잡고 있었다.

그러다 자연스레 다미의 SNS에 접속했다. 언제 지웠는지, 다미 SNS에는 내 흔적이 하나도 남아 있지 않았다. 다미는 자기 인생에서 나를 지워 버리려고 기를 쓰는 것 같다. 반면에, 내 SNS에는 다미와 함께한 추억이 아직도 한가득 있었다.

"은하야, 아직 자니?"

새벽녘이 되어서야 잠든 나는 엄마 목소리에 부스스 눈을 떴다. 엄마가 나를 깨우다니, 거의 없는 일이었다. 나는 비몽사몽 주변을 더듬어 휴대전화를 찾았다. 시계를 확인하자 번쩍 정신이 들었다. 아침 아홉 시가 훌쩍 지나 있었다.

엄마가 다시 문을 두드렸다.

"은하야, 정은하! 아직 자니?"

어제 문을 잠그고 여태 열어 놓지 않았던 게 생각났다. 화들짝 놀라서 문을 열려다가 손길이 멈췄다.

'그냥 쉬면 안 될까? 오늘 하루쯤 학교에 안 가도 괜찮잖아.'

아무리 아파도 결석해 본 적이 없는데, 어제는 조퇴를 했고 오늘은 결석을 하고 싶다. 친구들의 환대와 따뜻한 미소 없이 지낼 바에는 차라리 가고 싶지 않았다.

아까부터 달그락거리던 문고리가 툭 소리를 내며 돌아갔다. 엄마가 문을 따고 들어왔다. 나는 깜짝 놀라 눈을 크게 떴다.

"일어나 있었네?"

"바, 방금까지 잤어……."

나는 한 번도 지각한 적이 없다. 늘 일찍 일어나서 학교 갈 준비를 마쳤는데 여태 자 버렸으니 엄마가 많이 놀랐을 것이다. 따라 들어온 아빠마저 근심 어린 표정이었다.

"코는 괜찮아?"

엄마 목소리가 심각했다. 아마도 내가 많이 아프다고 생각하나 보다. 나를 걱정해 주는 엄마에게 고마우면서도 미안했다. 어릴 때는 엄마만 있으면 다 괜찮았는데 이제는 아니었다. 엄마의 진심 어린 걱정에도 아픔이 쉽게 사라지지 않았다. 내 세상은 이제 엄마가 아닌 친구로 더 많이 채워져 버렸다.

"학교는? 하루 더 쉴래?"

코는 여전히 욱신거렸지만 어제보다는 많이 나아졌다. 그런데도 학교에 가고 싶지 않았다. 그런데 하루 가지 않는다고 달라지는 게 있을까? 졸업해도 다미와 같은 동네에 사는 이상, 같은 중학교에 갈 수도 있다. 피한다고 피할 수 있는 게 아니었다.

나도 모르게 엉뚱한 말이 툭 튀어나온 건 그런 생각 때문이었다.

"엄마……. 나 전학 가면 안 돼?"

전학이 아니면 문제가 해결되지 않을 것 같았다.

"전학?"

엄마는 당황한 듯 입을 다물지 못했다.

"갑자기 웬 전학? 학교에서 무슨 일 있어? 너 혹시 다미랑 싸운 것 때문에 그래?"

엄마가 다미 이야기를 꺼내서 너무 놀랐다.

"아니, 아니야!"

나는 아니라고 했지만 엄마 눈을 속일 수는 없었다.

엄마가 속상한 듯 캐물었다.

"다미가 뭘 어쨌기에 전학까지 가겠다는 거야?"

차라리 이렇게 된 거, 사실 그대로 말하고 싶었다. 그간 있었던 일과 내 아픈 마음에 대해. 하지만 그런들 상황이 달라질까?

엄마가 선생님에게 말해 다미를 벌줄 수는 있을 것이다. 하지만 그건 내가 바라는 게 아니다. 다미와의 관계만 더 나빠질 게 뻔했다. 어쩌면 지금보다도 더 심하게 혼자가 되어 외로워질지도 모른다. 엄마가 친구를 만들어 줄 수 있는 시기는 오래전에 지나 버렸으니까. 결국은 내가 해결해야 할 문제였다.

엄마에게는 그냥 해 본 소리라고 얼버무리고 집을 나

왔다. 교실에 도착했을 때는 2교시 수업 중이었다. 나는 뒷문에 서서 머뭇거렸다. 지금 들어가면 다미와 절교한 정은하라고 아이들이 쳐다보고 숙덕대겠지.

교실 문을 열지 못하고 고민하다가 쉬는 시간에 몰래 들어가기로 마음먹었다. 복도에서 서성일 수는 없어 화장실에 들어가 기다렸다. 십 분쯤 지나자 수업 끝나는 종이 울렸다. 화장실을 나오려는데, 익숙한 목소리가 들렸다. 화들짝 놀라 변기 칸으로 숨었다.

"틴트 새로 샀어? 색깔 완전 예쁘다."

민지였다. 그리고 다미의 말이 이어졌다.

"어제 샀어. 너도 발라 줘?"

"응응. 완전 좋아."

둘은 이제 완전한 단짝이 된 것 같았다. 다미와 민지 말고도 다른 아이들 목소리가 섞여 있었다. 아이들은 재잘거리며 주말에 놀러 갈 계획을 나누었다. 그러다 갑자기 목소리가 확 줄어들었다. 누군가가 화장실로 들어온 듯했다.

이윽고 다미가 밝게 인사하는 소리가 들렸다.

"지은아, 안녕?"

지은이라고?

"어, 안녕."

지은이가 무뚝뚝하게 다미의 인사를 받았다. 다미가 친한 척 계속 말을 걸었다.

"너 혹시 이번 주에 시간 돼? 우리 서울 놀러 갈 건데 같이 갈래?"

"내가 왜?"

지은이의 차가운 대답에 다미가 우는소리를 했다.

"지은아, 왜 그래. 저번에도 초대했을 때 그냥 가 버리더니, 뭔가 오해가 있는 것 같아. 난 너랑 친하게 지내고 싶은데……."

너무 어이가 없었다. 지은이를 잡아먹지 못해서 안달일 때는 언제고 이제는 친하게 지내고 싶다고? 심지어 나에게는 지은이 저격 글까지 올리라고 했으면서?

"너 요즘에 정은하랑 같이 안 놀더라? 이번엔 은하 차례야?"

지은이의 퉁명스러운 물음에 나는 귀가 번쩍 뜨였다. 이번엔 나라니, 무슨 말일까? 그 밀에 다미 역시 꽤나 당황해했다.

"내가 개한테 뭘 어쨌는데?"

"남을 괴롭히는 데 날 이용하지 마."

"야! 괴롭히긴 누굴 괴롭혀! 나 은하 안 괴롭혔어!"

나를 괴롭히기 위해 지은이를 이용한 거라고?

다미가 흥분한 목소리로 말을 이었다.

"네가 뭘 모르나 본데, 은하가 SNS에서 널 저격했어."

심장이 철렁 내려앉았다. 다미가 결국 그걸 말해 버렸다. 지은이 귀에는 제발 들어가지 않길 바랐는데.

한편으로는 다미의 뻔뻔함에 화가 났다. 남아 있던 아주 작은 정마저 다 떨어져 나갔다. 당장이라도 뛰쳐나가 따지고 싶었다.

곧 지은이의 말이 이어졌다.

"은하가 올리고 싶어서 올린 거 아니잖아. 네가 시켰겠지."

세상에. 지은이가 그걸 어떻게 아는 거지?

"아, 아니야! 나는 그냥 저격할 수 있냐고만 물었어. 은하가 하겠다고 한 거야!"

자기도 모르게 이실직고한 다미는 실수한 걸 깨닫고 황급히 입을 다물었다.

196

지은이는 그런 다미에게 코웃음을 흘렸다.

"너 전에도 그랬잖아. 네 말 안 들으면 따돌리고, 네 말 잘 들으면 끼워 주고. 시간이 지나도 변하질 않네."

"이지은, 그만해."

"그런데 어쩌냐. 예전에도 말했지만, 네 수법 나한텐 안 통해."

다미의 씩씩거리는 소리가 화장실 가득 울려 퍼졌다. 당장 싸움이 나도 이상하지 않을 험악한 분위기였다. 주변의 아이들도 아무 말도 하지 못했다.

보다 못한 민지가 지은이를 저지하고 나섰다.

"이지은, 너 미쳤어?"

약간의 몸싸움이 일어난 것 같다. 민지가 비명을 지른 걸로 보아 지은이기 민지를 세압한 모양이다. 다미는 놀랐는지 말이 없었다. 곧 지은이가 아파하는 민지를 밀쳐 내고 걸음을 돌리는 듯했다. 화장실 문이 열렸다 닫히는 소리가 들렸다.

다미는 결국 폭발해서 소리를 질렀다.

"저 싸가지!"

그러고도 분이 풀리지 않는지 다미는 차마 입에 담지

못할 욕까지 내뱉었다.

다미 꼴이 말이 아니었다. 그런데 자꾸 웃음이 새어 나왔다. 다미가 당했는데, 이러면 안 되는데, 왜 이렇게 속이 시원한지.

아이들은 다미 옆에 붙어 수업 종이 칠 때까지 지은이 흉을 봤다. 그 바람에 나도 화장실 밖으로 나가지 못했다. 쉬는 시간에 몰래 교실에 들어가려던 작전은 실패로 돌아갔다.

수업이 시작하고 나서야 교실 뒷문을 열고 조용히 들어갔다. 문 여는 소리가 너무 크게 나는 바람에 시선을 끌고 말았다.

"늦어서 죄송합니다."

나는 서둘러 자리에 앉았다. 아이들 책상에 사회책이 올라와 있었다. 교과서를 꺼내기 위해 사물함 앞에 쪼그려 앉아 문을 열었다.

사물함에 못 보던 작은 상자 하나가 들어 있었다.

'이게 뭐지?'

낯선 상자를 그냥 지나칠 수가 없었다. 다른 걸 더 찾는 척하며 조심스럽게 뚜껑을 열었다. 먼저 쪽지가 보

였다. 그리고 그 아래에 있는 것은…….

'가디언스 방패 키링이잖아?'

깜짝 놀란 나는 지은이 자리를 돌아보았다. 그때, 칠판만 뚫어져라 보던 지은이가 이쪽을 바라보았다. 아주 짧은 순간이었지만, 지은이와 눈이 마주쳤다. 나는 깜짝 놀라 그만 고개를 돌렸다.

상자 안에 든 쪽지는 어서 열어 보라는 듯 끝이 벌어져 있었다. 마른침을 삼키며 쪽지로 손을 옮기는데 선생님 목소리가 들렸다.

"은하야, 뭐 하니? 어서 자리에 앉아."

"네? 네!"

상자를 허겁지겁 사물함에 넣었다. 자리로 돌아와 앉았는데도 두근대는 가슴이 진정되지 않았다. 사회책을 펼치며 몰래 지은이를 훔쳐봤다. 지은이는 수업에 집중하고 있었다.

14

로그아웃

점심시간, 나는 밥을 먹는 둥 마는 둥 하고 교실을 나섰다. 품에는 사물함에서 몰래 꺼내 온 상자가 있었다. 운동장은 아이들로 북적였다. 그나마 한적한 곳은 병설 유치원 놀이터가 있는 학교 뒤꼍이었다. 그쪽으로 발길을 옮겼다.

유치원 놀이터 벤치에 앉아 상자를 꺼냈다. 쉬는 시간에 열어 보고 싶었지만, 혹시나 누군가가 볼까 봐 꾹 참았다. 큰 숨을 내쉰 뒤, 상자를 열었다. 키링은 안에 두고 쪽지부터 꺼냈다. 상자를 옆에 내려놓고 쪽지를 펼쳤다. 단정하고 힘 있는 글씨체가 눈에 띄었다.

나 사실 거짓말했어. 실은 너랑 친해지고 싶었거든.

누가 썼는지 밝히지 않은 쪽지였다. 그렇지만 누구에게서 온 건지는 뻔했다. 지은이겠지. 한편으로는 지은이도 나와 친해지고 싶었다는 게 기뻤다. 나만 그런 생각을 한 건 아니었나 보다.

쪽지 아래에 추신이 붙어 있었다.

PS. 가디언스의 1집 데뷔곡을 꼭 들어 보길. 난 도움이 많이 됐어.

쪽지 밑에는 유선 이어폰도 있었다. 이걸로 노래를 들어 보라는 걸까? 그나저나 나는 지은이에게 잘해 준 게 하나도 없는데 왜 나와 친해지고 싶다는 건지 그 마음이 궁금했다.

화장실에서 들었던 말이 수업 내내 잊히지 않았다. 내 마음도 정리가 필요했다. 다미가 자기 말을 듣지 않는 아이들을 따돌렸다는 지은이의 말은, 실은 나도 알고 있었다. 모르는 게 더 이상했다.

그동안 다미 눈밖에 난 많은 아이가 무리에 끼지 못했다. 너무한 것 아닌가 생각하다가도 금세 모른 척했다. 나와는 상관없는 일이라고 외면해 버렸다. 그때의 잘못에 대한 대가를 이제 와서 치르는 걸지도 모르겠다.

다미와 친했을 때는 그 아이들의 아픔을 바라보지 못했다. 내가 그 처지가 되고 보니, 다들 얼마나 힘들었을지 새삼 미안해졌다. 다미는 그 아이들이 먼저 잘못했다고 몰아갔지만, 실은 다미 말을 듣지 않은 것뿐이었다. 지은이도 그랬고 나도 그랬다.

한편으로는 지은이의 용기가 부러웠다. 하고 싶은 말을 어쩜 그렇게 당당하게 할 수 있는지. 친구가 많은 다미에게 맞서면 혼자가 될 수밖에 없는데 그런 것쯤은 두렵지 않은 듯했다.

이어폰을 귀에 꽂았다. 휴대전화로 가디언스의 데뷔곡 〈나의 가디언〉을 틀었다. 익숙한 멜로디와 가사가 흘러나왔다. 그렇게 가디언스의 목소리에 가만히 귀 기울이다 보니 나도 모르게 노래를 따라 부르고 있었다.

가디언스의 노랫말이 오늘따라 가슴을 울렸다. 코끝이 찡해져서 입술을 꾹 다물었다. 가디언스를 좋아하게 된 이유가 가사 때문이라는 걸 새삼 깨달았다. 가디언 스는 끊임없이 노래하고 있었다. 나의 가장 소중한 친구는 다름 아닌 바로 나라고. 그러니 어떤 상황에서도 나를 사랑하고 지키라고. 수백 번도 넘게 따라 부른 노랫말인데, 왜 그걸 몰랐을까.

나는 왜 그렇게 다미에게 매달렸을까? 그때는 왜 그랬을까? 대체 무엇이 그렇게 두려웠을까?

다미를 처음 만났을 때, 눈이 부셨다. 모두가 다미를 부러워했고, 다미만 곁에 있으면 안전할 것 같았다. 따돌림당할 일도, 외로워질 일도 없을 거라고 생각했다. 그렇기에 다미가 없는 세상을 상상할 수도 없었다. 그 세상에서는 다미가 나의 가장 소중한 친구이자 나의 가디언이었으니까.

그러나 나를 지켜 줄 사람은 다미가 아니었다. 내가 바로 나의 가디언. 다미가 나를 해치려 한다면, 나는 어떻게든 나를 지켜 내야 한다.

그런데 아직도 내 안에 다미 곁에 머물고 싶다는 마음이 있다. 다미와 함께 있을 때 받았던 아이들의 부러움 가득한 눈길. 다미의 베프일 때 함께 누렸던 인기. 그

것들을 버리고 예전의 존재감 없는 나로 돌아간다는 게 쉬운 일은 아니다. 그럼에도 이제는 나를 믿고 그 길을 가 보려 한다.

다미는 내게 절교를 선언했다. 하지만 나는 다미를 떠나지 못하고 그 곁을 맴돌았다. 이제는 내가 다미에게 말해 주고 싶다. 너와 끝을 내겠다고. 하지만 그 전에, 돌려받아야 할 게 생각났다. 다미가 가져가 버린 내 소중한 것. 이대로 빼앗길 수는 없었다.

나는 점심시간이 끝날 때까지 가디언스의 노래를 듣고 또 들었다.

수업을 마치고 댄스 학원으로 향했다. 다미와 만날 생각을 하면 숨이 턱 막히지만, 나는 마음을 단단히 먹고 발걸음을 옮겼다.

학원에 도착해 계단을 올랐다. 쿵쿵 울리는 음악 소리에 심장도 두근두근 뛰었다. 학원 앞에서 심호흡을 하고, 문을 열었다. 안무 지도 중이던 송 쌤이 나를 발견하고는 반갑게 손을 흔들었다.

쌤이 음악을 끊고 한달음에 달려왔다.

"은하야, 왜 이렇게 연락이 안 돼? 쌤이 얼마나 걱정했는데!"

진심 어린 관심이 너무 고맙고 소중했다. 나는 고개를 숙였다.

"죄송해요."

"죄송하긴. 얼른 들어와. 연습해야지."

고개를 들자 다미의 뒷모습이 눈에 들어왔다. 다미는 꼴도 보기 싫다는 듯 내 쪽을 보지 않았다. 쌤이 내 손을 잡아끌었지만, 나는 잠시 버텼다.

"선생님, 드릴 말씀이 있어요."

"급한 거야? 연습 끝나고 하면 안 돼?"

"지금 말씀드리고 싶어요."

내 말에 다미가 나를 노려보았다. 나는 다미 눈을 피하지 않았다. 송 쌤은 그런 우리 둘을 번갈아 보더니 분위기가 심상치 않다는 걸 눈치챘다.

"알았어. 그럼 잠깐 밖으로 나갈까?"

송 쌤이 나를 데리고 연습실 밖으로 나왔다. 그러고는 무거운 얼굴로 물었다.

"너 요즘 좀 이상하다 싶었는데……. 혹시 다미 때문

이야?"

차마 여태 있던 일을 다 말할 수는 없었다. 그런데도 그간 쌓였던 마음이 눈물이 되어 흘렀다. 나는 급히 눈가를 닦았다. 송 쌤 앞에서 약한 모습을 보이고 싶지 않았으니까. 하지만 한번 터진 눈물은 쉽게 감추어지지 않았다. 나는 입술을 꽉 깨물며 울음을 멈추려 했다.

쌤이 한숨을 깊게 내쉬었다.

"안 그래도 너랑 다미 사이가 이상한 것 같아 지켜보고 있었어. 무슨 일인데?"

"자세한 건 말씀드릴 수 없어요. 그런데 선생님, 부탁드릴 게 있어요."

"뭔데?"

나는 눈물을 닦고 고개를 들었다.

"센터 자리 말이에요. 다시 찾을 수 있을까요?"

송 쌤은 조금 놀란 얼굴이었다.

"그게 무슨 말이야?"

"안 되면 어쩔 수 없지만, 가능하다면 되찾고 싶어요. 센터에 서고 싶어요."

입을 다물지 못하던 쌤이 인상을 썼다.

"자리에 불만이 많다고 투표로 정하자고 할 때는 언제고?"

"아, 그, 그건요……."

내가 당황해하자 쌤이 웃음을 터뜨렸다.

"농담이야. 다미가 가져간 게 좀 수상했는데, 말 못 할 사정이 있다는 거잖아. 그렇다면……."

팔짱을 끼고 잠시 고민하던 송 쌤이 말을 이었다.

"네가 진짜로 원한다면, 싸워서 가져와."

"싸우라고요?"

"그래, 그냥은 돌려받을 수 없어. 다미에게 그 자리를 준 건 어쨌든 네 선택이었으니까."

내가 내린 결정에 책임을 지라는 뜻이다.

"어떡할 거야? 싸워서 찾아올래, 아니면 그냥 물러날래?"

싸우라고? 내가 다미랑? 할 수 있을까?

'그래. 까짓것 한번 해 보자. 더 이상 당하고만 있지 말고, 갚아 주자.'

문득 든 생각에 깜짝 놀랐다. 동시에 힘이 솟아났다. 다미가 나를 따돌리는 건 막지 못해도 내 센터까지 가져가는 건 용납할 수 없었다. 춤은 내게 남은 유일한 비상구이자 숨구멍이다. 다미가 틀어막게 놔둘 수는 없었다.

나는 두 주먹을 꼭 쥐었다.

"찾아올래요."

"좋아!"

송 쌤이 내 어깨를 두드리더니 연습실로 들어가자고 했다. 쌤은 아이들을 다 불러 모으더니 내가 다시 센터를 맡게 될 거라고 선언했다.

다미가 두 눈을 부릅뜨고 무섭게 따지고 들었다.

"선생님! 갑자기 바꾸는 게 어디 있어요!"

다미가 목소리를 높여 항의했지만 송 쌤은 태연하게 받아쳤다.

"은하도 센터를 하고 싶대."

"하지만 이미 저로 정해졌잖아요! 투표를 통해서 결정한 건데 이러시면 안 되죠!"

"그게 문제야. 센터를 투표로 정한 거."

쌤이 아이들을 둘러보며 물었다.

"오디션을 보는 게 어떨까? 센터 같은 중요한 자리는 투표로 정할 게 아니라 실력으로 정해야지, 안 그래?"

다미가 도움을 청하듯 아이들을 돌아보았다. 아이들이 뭐라 불만을 표했지만 송 쌤은 단호했다. 그러자 아이들도 하나둘 입을 다물었다. 번복되었던 일이 다시 번복된다고 이상할 것도 없었고, 송 쌤 말이 맞기도 하니까. 굳은 표정의 다미는 신경질적으로 눈을 부라렸지만, 결국 오디션은 피해 갈 수 없었다.

마침내 오디션이 시작되었다. 사실상 나와 다미의 대결이었다. 처음에 다미는 나름대로 최선을 다해 춤을 췄다. 하지만 실수할 때마다 얼굴이 일그러지더니 급기야 마지막에는 짜증을 내며 포기해 버렸다. 그럴 수밖에. 다미는 연습한 지 얼마 되지 않았을뿐더러 춤에 썩 소질이 있는 것도 아니었으니까.

씩씩대는 다미를 앞에 두고 춤추려니 신경이 쓰였다. 다미의 날 선 눈빛도 따가웠다. 긴장되어서인지 바르르 몸이 떨렸지만, 천천히 풀었다. 그리고 마침내 음악이 흘러나오자, 나는 실력을 마음껏 발휘했다.

그간 쌓아 온 노력은 어디 가지 않았다. 춤추는 순간순간 살아 있는 느낌이 들었다. 그간의 아픔이 한꺼번에 녹아내렸다. 예전에 외톨이였을 때도 춤추는 순간만큼은 숨통이 트였다. 그때는 왜 몰랐을까. 이걸로도 충분하다는 사실을. 내 곁에 춤이 있는데도 나는 늘 다른 것을 더 원했다. 내가 갖지 못한 친구, 인기 같은 거 말이다.

생각해 보면, 혼자가 되어도 할 수 있는 것은 많다. 가디언스 노래를 들어도 되고, 춤을 춰도 된다. 그런 생각을 하니 왠지 동작이 더 가벼워졌다.

당연하게도 춤 실력은 나의 압승이었다. 다미가 짧은 기간 아무리 애쓴들, 오랜 시간 연습한 내 실력을 앞지를 수는 없었다. 결국 센터는 다시 내 품으로 돌아왔다.

학원이 끝나고 나오는데 다미가 나를 불렀다.

"야, 정은하!"

다미는 단단히 화가 나서 내게로 성큼성큼 다가왔다. 다미가 눈을 뾰족하게 뜨고 나를 노려보았다.

"왜 갑자기 나타나서 내 자리를 빼앗는 거야? 내가 가만있을 것 같아?"

다미는 엄마에게 이야기해서 센터를 되찾을 거라고 했다. 그게 안 되면 이따위 학원 그만두고, 아동 학대로 신고해서 문 닫게 할 거라고 했다. 다미가 너무 막말을 쏟아 놓으니 오히려 할 말이 없어졌다.

내가 잠자코 있자 다미는 더 열을 올렸다.

"뭐야, 왜 사과도 안 해?"

"내가 왜 사과해야 하는데? 센터는 원래 내 자리였어."

예전에는 내가 잘못한 게 없어도 사과부터 했다. 지금은 내가 왜 그래야 하나 싶었다.

다미는 나를 위협하며 눈을 크게 떴다.

"정은하, 네가 어떻게 나한테 이래? 진짜 절교야!"

"이미 절교한 거 아니었어?"

다미는 할 말을 잃은 듯 입을 떡 벌렸다. 오히려 나는 계속 할 말이 떠올랐다. 다미를 만나면 한 번쯤 묻고 싶은 게 있었다.

"넌 날 친구로 생각하긴 했어?"

"무슨 소리야? 내가 널 친구로 생각 안 했다는 거야? 웃기지 마! 네가 먼저 나한테 상처 줬잖아!"

"무슨 상처? 내가 지은이하고 조금 가깝게 지낸 거? 그게 그렇게 싫었어?"

"그래, 싫었어! 내가 하지 말라고 했는데도 넌 계속했

214

으니까, 내 말을 안 들으니까!"

다미의 악다구니를 듣고 있자니 헛웃음이 났다.

"내가 왜 네 말만 듣고 살아야 해? 난 왜 지은이랑 친구 하면 안 되는 건데? 넌 어째서 내가 지은이랑 지내는 게 싫은 거야?"

내가 응수하자 다미의 눈동자가 흔들렸다.

"치, 친구라면 당연히 그래야 하는 거잖아!"

나는 고개를 저었다.

"아무리 네가 지은이를 싫어한다고 해도 나까지 지은이를 미워해야 하는 건 아니잖아."

다미는 급기야 눈시울을 붉히더니 눈물까지 흘렸다.

"정은하, 네가 나한테 어떻게 이럴 수 있어?"

예전의 나라면 다미의 눈물에 어쩔 줄 몰랐을 거다. 그런데 이제는 다미의 눈물이 나를 휘두르려는 무기처럼 느껴졌다.

"나야말로 묻고 싶었어. 넌 나한테 왜 그랬어?"

다미가 눈물범벅이 된 얼굴로 소리쳤다.

"널 좋아하니까, 넌 내 베프니까!"

나도 모르게 한숨이 나왔다.

"말 잘 듣는 장난감이라고 생각한 건 아니고?"

할 말을 하고 나니 속이 후련했다. 이왕 말을 꺼낸 김에 끝을 보기로 했다.

"나 건드리지 마. 만약 SNS에 내 저격 글 또 올리면 그땐 학교 폭력으로 신고할 거야."

단호하게 발길을 돌렸다. 등 뒤에서 다미가 소리를 질러 댔다.

"야, 너 어디 가! 그거 학폭 아니거든!"

멈추라는 소리가 들렸지만 무시하고 걸음을 옮겼다. 뒷감당을 어떻게 해야 하나 걱정됐지만, 뒷일은 나중에 생각하기로 했다.

문득 꼭 해야 할 일이 생각났다. 나는 휴대전화로 SNS에 로그인해 여태 올렸던 다미와의 사진을 눌러 보았다. 소중한 추억이라고 생각했는데, 혼자만의 착각이었는지도 모르겠다. 나는 손을 움직여 화면을 터치했다.

'삭제하시겠습니까?'

터치 한 번이면 모든 게 삭제된다. 과연 지울 수 있을까? 잠시 망설이다가 이내 삭제 탭을 눌렀다. 삭제가 완료됐다는 메시지와 동시에 참았던 숨을 토해 냈다. 그

러자 곧 알 수 없는 뿌듯함이 밀려왔다.

　다음 한 장 또 한 장. 지우고 또 지웠다. 그렇게 모든 사진을 지운 다음 SNS 계정을 로그아웃해 버렸다.

15
무게 중심

다미가 댄스 학원을 그만두었다. 얼마 후 열린 틴틴
페스티벌 본선도 다미 없이 참가하게 되었다. 결과는
장려상이었다. 본선에 오른 열 팀 모두 어마어마한 실
력을 보여 주었다. 3등 안에는 들 수 있을 거라 기대했
는데 모두에게 주는 장려라니. 우리가 실망하자 송 쌤
은 어이없다는 듯 웃었다.

"얘들 좀 봐? 장려상이 어디야! 본선 진출한 것만으로
도 엄청난 거야!"

예선에 지원한 팀만 서른 넘이 님있다고 한다. 그중
열 손가락 안에 든 것이니 무조건 잘한 거라는 송 쌤의

논리는 우리에게 완전히 먹혔다. 우리는 실망하지 않기로 했다. 그리고 내년에 또 참가하기로 했다. 그때는 분명 지금보다 더 나은 결과를 얻을 테니까.

그런데 만약 예선에서 떨어지면 어떡하지?

뭐, 어때! 계속 도전하면 되지! 우리에게는 얼마든지 시간이 있으니까.

본선을 끝내고 돌아오는 길에 송 쌤이 저녁을 먹고 가자며 내게 데이트 신청을 했다.

"센터 맡느라 고생했잖아. 맛있는 거 사 주고 싶어서."

센터의 부담감은 다른 아이들보다 몇 배는 더했다. 연습도 몇 배는 더 한 것 같다. 특히나 턴을 필요로 하는 동작이 많았다.

발레를 부전공한 송 쌤은 내게 발레식 턴을 전수해 주었다. 돌고 돌고 또 돌다 보면 어지럽고 속이 메슥거렸다. 게다가 송 쌤은 턴을 연습할 때 나를 툭툭 건드리기도 했다. 중심을 잡지 못하고 넘어지면 원망의 눈빛으로 쌤을 쳐다보았다. 그때마다 송 쌤은 잘 넘어지는 것도 실력이라면서 무게 중심을 낮추라고 했다.

본선 전날, 나는 송 쌤이 원하는 턴을 완벽히 해냈다.

가장 중요한 동작을 매끄럽게 해낸 것이다. 너무 기뻐
서 펄쩍펄쩍 뛰었다. 그때가 기억나서 나도 모르게 입
꼬리가 올라갔다.

"맞아요. 저 엄청 고생했으니까 맛있는 거 사 주세요."

송 쌤이 뭘 먹고 싶으냐고 물었다. 나는 고민하다 햄
버거를 골랐다. 햄버거를 먹으며 송 쌤과 이런저런 수
다를 떨었다. 꼭 친구와 노는 것처럼 즐거웠다.

햄버거를 다 먹고 근처 공원을 산책하는데 송 쌤이 내
눈치를 보더니 슬쩍 물었다.

"은하야, 요즘은 다미랑 좀 어때?"

다미 이야기를 하는 게 그리 달갑지 않았다.

"다미랑요? 뭐…… 따로 인사는 안 해요."

"그렇구나. 그냥 궁금했어."

송 쌤은 다미에 관해 더는 묻지 않았다.

그날 댄스 학원 앞에서 그렇게 헤어지고 난 후, SNS
에 내 저격 글이 올라왔다. 그 글을 쓴 사람은 당연히 다
미였다. 나는 SNS를 탈퇴해서 그 글을 보지 못했는데,
하필 민지가 캡처해서 내게 보내왔다. 그걸 보는데 화가
나기보다는 이걸 왜 나에게 알려 주는지 의아했다. 내가

사라진 다미의 옆자리를 대신한 건 민지였다. 민지와 다미는 어디를 가든 늘 붙어 다녔다. 그런데 왜 다미의 잘못된 행동을 나에게 알려 주는 걸까?

내가 이유를 묻자 민지가 이렇게 대답했다.

"네가 알아야 할 것 같아서."

썩 만족스러운 답변은 아니었다.

몰랐다면 모를까, 알게 된 이상 어떤 식으로든 다미와 부딪쳐야 했다. 하지 말라고 분명히 경고했는데 그걸 무시하고 또 했으니 나도 가만있을 수는 없었다.

당장 다미를 찾아가 학교 폭력 신고를 하겠다고 말했다. 다미는 나를 저격한 게 아니라고 잡아뗐다. 그러다 말싸움이 커졌고, 큰 소리가 오갔다.

누군가의 제보로 담임 선생님이 출동했다. 우리는 상담실로 불려 가 꽤 오랜 시간 잘잘못을 따져야 했다. 결국 다미는 저격 글 남긴 걸 인정했고, 다시는 그러지 않겠다고 약속했다. 나 또한 화낸 것에 대해 사과했다.

이후로 저격 글은 올라오지 않았다. SNS를 하지 않아서 잘은 모르겠지만, 소문에 따르면 다미는 SNS를 몇 주간 하지 않았다고 한다. 그러나 그것도 잠시, 다시 슬금슬금 사진을 올리며 활동을 재개하더니 급기야는 또 다른 누군가를 저격하기 시작했다는데……. 이제는 일일이 신경 쓰기도 싫다.

문제는 불똥이 송 쌤에게까지 튀었다는 거다. 다미가 댄스 학원을 그만두는 바람에 학원이 약간의 피해를 입었다. 다미가 송 쌤과 학원에 대해 좋지 않은 소문을 퍼뜨렸기 때문이다. 몇몇이 학원을 떠났고 일부 학부모로부터 항의 전화도 받았다고 들었다.

그래도 송 쌤은 꿋꿋했다. 가정 통신문을 보내 다미가 퍼뜨린 헛소문에 대해 적극적으로 해명했다. 다행히 소문은 더 커지지 않고 진정됐다.

송 쌤도 피해자라면 피해자였다. 나를 돕다 어려운 일을 겪었으니, 내가 왜 다미와 맞설 수밖에 없었는지 알아야 하지 않을까? 그래서 고민 끝에 그간의 일을 솔직히 털어놓았다. 쌤은 아이스크림이 녹는 줄도 모르고 내 말에 귀를 기울였다.

내가 말을 마치자 쌤이 내 어깨를 가볍게 다독였다.

"마음고생 심했겠다."

"죄송해요. 저 때문에 괜히 피해만 입으시고."

송 쌤은 무슨 소리냐며 손을 내저었다.

"너 때문이라니. 나 나름대로 옳은 선택을 한 것뿐이
야. 네가 아니었어도 그렇게 했을 거야."

오늘따라 쌤이 더 멋져 보였다. 어려운 일이 닥치더라
도, 억울한 일을 당하더라도 옳은 일을 하려는 용기.

"저도 선생님처럼 용기 있는 사람이 되고 싶어요."

송 쌤은 그런 나를 빤히 보더니 갑자기 턴을 해 보라
고 했다.

"턴이요? 여기서요? 사람들이 보면 어떡해요."

"보면 어때. 여기보다 더 많은 사람 앞에서도 춤추고
상도 탔잖아. 해 봐, 이렇게."

쌤이 먼저 턴을 했다. 사람들이 힐끔 쳐다보았지만 관
심은 이내 사라졌다.

"어서."

송 쌤이 눈빛을 반짝였다. 나는 눈을 질끈 감고 턴을
했다. 갑자기 쌤이 나를 툭 미는 바람에 하마터면 넘어
질 뻔했지만 다행히 턴은 무사히 마쳤다.

"아이, 쌤! 갑자기 밀면 어떡해요!"

그런데 송 쌤은 흡족한 미소를 짓고 있었다.

"우리 은하, 이제 무게 중심을 잘 잡는구나?"

쌤의 뜬금없는 칭찬에 부끄러우면서도 어깨가 으쓱해졌다.

"선생님이 특훈시키셨잖아요. 이젠 잘 돌아요."

내가 연달아 한 바퀴 더 돌아 보이자 쌤이 박수를 치며 좋아했다.

"치우치지 않고 중심을 잡는 것. 춤추는 데 그것만큼 중요한 게 있을까? 다들 알고 있지만 그게 어디 하루 이틀 만에 되겠어? 돌고 넘어지고 또 돌고 넘어지고. 그렇게 수십 번 넘어지고 일어나다 보면, 어느새 내 안에 무게 중심이 잡히는 거야. 넘어져서 아프기도 하고 울기도 하고, 더는 못 돌 것처럼 좌절하기도 하고. 나도 꽤 긴 시간이 필요했어."

"쌤이요?"

송 쌤이 자기 이야기를 들려주었다.

"응. 나도 너만 할 때 비슷한 일을 겪었어. 정말 친했던 친구가 있었어. 그 친구 때문에 웃기도 하고 울기도 하고……. 그땐 그 친구가 없으면 죽을 것 같았거든."

친구가 따돌려서 너무 서러운 어느 날 집에 가다가 쪼

그려 앉아 울었는데, 한참 울다 고개를 들어 보니 처음 보는 꽃이 피어 있었다고. 그 꽃들을 구경하며 걷다 보니 어느새 집에 도착했다고 한다. 쌤은 꽃 덕분에 조금 덜 외롭게 걸을 수 있었다고 했다.

"학교에서 아무도 말 안 걸어 줄 때 재밌는 추리 소설을 읽고 또 읽었어. 종일 혼자 좋아하는 걸 하고, 다른 사람들은 다 싫어해도 내 입맛에 딱인 과자를 양껏 먹다 보니, 어느새 아무렇지 않더라."

늘 당당한 송 쌤에게 그런 시절이 있었다는 사실이 믿기지 않았다. 그리고 한편으로는 부러웠다.

"저도 그럴 수 있을까요?"

"물론 그 순간은 쉽게 찾아오지 않을지도 몰라. 하지만 결국에는, 올 거야."

송 쌤의 이야기까지 듣고 나니 내가 해야 할 일을 알 것 같았다. 나를 소중히 여기고 내 마음에 더 귀 기울이기. 어렵더라도 중심을 잡고, 좋은 친구를 만날 때까지 계속 노력하기. 아니, 어쩌면 이미 그런 친구를 만났는지도 모르겠다.

갑자기 지은이가 보고 싶어졌다.

16
좋은 친구

가만있어도 땀이 줄줄 나는 여름이 찾아왔다. 이제 곧 여름 방학이라지만, 그때까지 어떻게 버티나 싶을 만큼 교실은 찜통이었다.

하필 이럴 때 우리 반 담임 선생님은 에너지 절약 캠페인을 하자고 했다. 북극곰이 발 디딜 얼음이 녹고 있는데 우리만 시원하면 되겠느냐면서 말이다.

이번 주 학급 회의에 에어컨 사용을 줄이자는 안건이 올라왔다. 회의 시간에 선생님이 조각 얼음 위에서 애처롭게 울고 있는 새끼 북극곰 사진을 띄워 놓았다. 그 때문인지는 몰라도 가장 더운 4교시부터 5교시까지만 에어컨을 틀자는 의견이 많은 표를 받았다. 덕분에 아이들은 학교가 끝나자마자 시원한 곳을 찾아 교실을 뛰쳐나갔다.

나도 그중 한 사람이었다. 북극곰을 살리는 것도 좋지만, 나도 살아야 하니까. 나는 학교 근처 편의점 문을 활짝 열고 들어갔다. 그제야 좀 살 것 같았다.

아이스크림을 두 개 사서 하나를 먼저 입에 물고 밖으로 나왔다. 편의점에서 식힌 땀이 어느새 다시 송골송골 맺혔다. 아이스크림을 먹으면서 목을 쭉 빼고 주변을 살폈다. 편의점 앞에서 만나기로 한 아이가 있었다. 교문에서 삼삼오오 짝을 지어 아이들이 몰려나왔다. 문득 수업 시간에 배운 속담이 생각났다.

'짚신도 제짝이 있다.'

하물며 짚으로 만든 신발도 짝이 있다는데 나는 왜 짝이 없을까. 웃음꽃을 피우며 지나가는 아이들이 부럽기도 했다. 그런데 뭐, 어쩔 수 있나. 제짝 찾는 게 그리 쉬운 일은 아니겠지.

익숙한 얼굴이 우르르 지나갔다. 다미와 친한 아이들이었다. 다미는 보이지 않았다. 그래도 얼굴이 굳는 건 어쩔 수 없었다. 시간이 제법 지났다고는 하지만 불편한 건 여전했다.

다미 무리 아이들이 나를 힐끔대며 지나갔다. 수군거리는 걸로 보아 또 내 흉을 보나 보다. 아직도 나를 흉보다니, 지겹지도 않나. 화가 났지만, 관심 끄기로 했다. 오늘은 좋은 날이니까.

오늘 서울에서 가디언스의 멤버 생일 카페가 열린다. 꼭 한 번 가 보고 싶었는데, 기회가 없었다. 그런데 지은이가 같이 가지 않겠느냐고 물어 와서 흔쾌히 승낙했다. 그나저나 지은이는 내가 아이스크림을 다 먹을 때까지도 나타나지 않고 있다. 교실 청소만 빨리하고 나온다더니 왜 이렇게 안 오는 걸까? 지은이 주려고 산 아이스크림이 벌써 녹으려 했다.

그때, 지은이가 교문 밖으로 뛰어나왔다.

"은하야!"

손을 흔들며 달려오는 지은이를 보니 최근에 배운 속담 하나가 더 생각났다.

"고양이도 제 말 하면 온다더니."

지은이가 웃으며 내 말을 고쳐 주었다.

"고양이가 아니라 호랑이겠지."

"어우, 뭐야. 잘난 척은."

나는 인상을 쓰다가 그만 웃어 버렸다. 지은이도 나를 따라 웃었다.

"무슨 청소를 이렇게 오래 해? 청소 오래 하면 키 안 큰대!"

"누가 그래?"

그러게. 누가 이런 말을 했더라? 생각이 날 듯하면서도 나지 않는다. 지은이는 그런 말도 안 되는 미신은 믿지 않는 게 정신 건강에 좋겠다며 잔소리를 시작했다. 나는 얼른 아이스크림을 내밀어 지은이의 입을 막았다.

"자, 이거나 먹어."

그러나 지은이는 고개를 저었다.

"미안하지만 난 이거 안 먹어."

요즘 제일 잘나가는 아이스크림으로 고른 건데 또 거절당한 건가 싶어 살짝 서운했다. 항상 이런 식이다. 자기 마음에 안 들어도 못 이기는 척 한 번은 받아 줄 수 있지 않나? 하지만 지은이는 아닌 건 아니라고 딱 잘라 거절한다.

"친한 친구가 줬다고 해서 먹기 싫은 걸 억지로 먹을 수는 없잖아."

나는 입을 삐쭉 내밀며 아이스크림을 깠다.

"치이, 내가 다 먹을 거야. 그리고 우리 안 친하거든! 아무튼 이지은이랑은 안 맞아."

내가 투덜거려도 지은이는 싱글벙글 웃었다. 어쨌거나 오늘은 좋은 날이니까. 그래서일까. 서운한 마음도 그리 오래가지 않았다. 사실 나와 다른 구석이 있어서 지은이가 편하기도 하다.

우리 둘 다 가디언스를 좋아하니까 베프가 될 줄 알았다. 하지만 그 이유 하나만으로 베프가 되는 건 아니었다. 한동안 지은이와 붙어 다녀도 봤다. 하지만 얼마 지나지 않아 깨달았다. 가디언스를 빼면 우리 두 사람, 맞는 구석이 하나도 없다는 걸. 지은이도 불편해했고 나도 힘들었다.

그래서 그냥 각자 다니기로 했다. 그러다 필요하면 만나고. 결국은 제짝 없이 외톨이처럼 다니게 되었지만, 예전만큼 외롭지는 않다. 어쨌든 지은이와 가디언스를 공유할 수 있으니까.

아이들끼리 몰려다니는 모습을 보면 부럽기도 하다. 끼지 못해서 따돌림당하는 것처럼 보이지는 않을까 두려울 때도 있다. 그렇지만 아무리 외로워도, 나는 나를 지키며 살기로 했다. 만약 내가 지금까지 참았다면 다미와 계속 잘 지낼 수 있었을까? 글쎄. 어쩌면 지금보다 더 힘들지 않았을까 싶다.

가끔 이런 생각이 든다. 좋은 친구란 어떤 친구일까? 다미처럼 인기 있지만 그 인기를 이용해 다른 아이들을 마음대로 주무르는 아이? 아니면 지은이처럼 자기주장이 뚜렷하지만 외톨이처럼 지내는 아이? 그 누구를 만나더라도 예전처럼 다 양보해 가면서까지 만나고 싶지는 않다. 물론 친구는 소중하다. 단짝은 아이스크림보다도 달콤하다. 하지만 그보다 소중한 게 있다. 바로 나 자신이다.

언제 단짝을 만날 수 있을지는 알 수 없는 일이다. 그때까지는 내가 나의 단짝이 되어 주는 연습부터 해 보려고 한다. 나의 첫 번째 친구. 그 애는 바로 나일 테니까. 내가 나의 가장 좋은 친구가 되어 주어야 한다. 그러기 위해서는 내가 좋아하는 것을 신나게 해야겠지?

가디언스 생각을 하니 가슴이 두근거렸다.

지은이와 버스 정류장으로 향할 때, 익숙한 목소리가 들려왔다.

"다미야, 내가 잘못했어. 응?"

상가 건물 옆 좁은 골목에 다미와 민지가 있었다. 뭔가 심각한 분위기였다. 둘이 잘 지내는 것 같았는데, 아닌가?

나는 걸음을 멈추고 두 사람을 지켜보았다. 다미가 얼굴이 빨개져서 언성을 높였다.

"됐어. 잘못했다는 얘기도 이젠 지겨워. 어차피 넌 또 걔들이랑 놀 거잖아. 넌 이제 나한텐 관심도 없나 봐."

가만 듣다 보니 상황을 알 것 같았다. 민지가 지난 주말에 반 친구들과 놀았던 모양이다. 다미가 민지에게 놀자고 했는데, 반 친구들과의 약속 때문에 나가지 못했나 보다. 그래서 다미가 화난 거고.

다미는 이제 끝이라며 절교를 선언했고, 민지는 제발 한 번만 용서해 달라고 안절부절 매달렸다. 그 모습을 보는데 민지가 안쓰러웠다. 민지가 저렇게 휘둘리는 건 그때의 나처럼 혼자 되는 게 두려워서겠지? 그러지 않

아도 될 텐데.

요즘 다미를 따르던 아이들이 조금 줄었다. 그 바람에 다미도 전과 달리 조금 기죽은 모습이었다.

"뭐 해? 무슨 일 있어?"

앞서가던 지은이가 나를 불렀다. 그 목소리에 골목에 있던 다미와 민지가 이쪽을 바라보았다. 나는 허둥지둥 지은이에게 달려가 팔짱을 끼었다.

"일은 무슨. 늦겠다. 빨리 가자!"

갑작스러운 팔짱에 지은이가 딱딱하게 굳었다. 지은이는 달라붙는 걸 싫어한다. 그래도 오늘 같은 날은 팔짱 정도는 허락해 주는 모양이다. 우리는 발을 맞춰 속도를 높였다.

내 가방에 달린 가디언스 키링이 가볍게 흔들렸다.

작가의 말

좋은 이야기는 「작가의 말」마저 기대하게 만듭니다. 지금 이 글을 읽고 있는 여러분은 『마이 가디언』을 재밌게 읽었을까요? 궁금해집니다.

이야기가 끝나고 부록처럼 실려 있는 작가의 글. 어떤 내용으로 채우면 좋을까 고민하다가 결국은 제 이야기를 하는 게 좋겠다는 생각이 들었습니다. 이 이야기는 은하의 이야기이기도 하지만 결국 저의 이야기이기도 하니까요.

돌이켜 보면, 어린 시절의 저는 '영향력 있는 친구' 곁에 있고 싶었던 것 같습니다. 그 친구들이 멋져 보였고,

저도 그렇게 되고 싶었어요. 그래서 종종 친구가 하자는 대로, 친구의 생각에 맞추어 나를 바꾼 적도 있습니다. 그래야 그 애들과 어울릴 수 있었으니까요.

그 시절, 저는 왜 그렇게도 그 애들 곁을 떠나지 못했을까요? 지금 생각해 보면, 두려워서였던 것 같습니다. 혼자가 될까 봐. 누구도 내게 관심 주지 않을까 봐. 존재감 없는 사람이 될까 봐. 그래서 그렇게 발버둥을 쳤습니다.

지금도 크게 다르지 않습니다. 여전히 다른 사람의 시선을 신경 쓰고, 남에게 잘 보이려 애쓰며, 어떡하면 주류에 낄 수 있을까 고민합니다.

그러나 또 한편으로는 그럼에도 바뀌지 않는 '나'를 발견하게 되었습니다. 아무리 애를 써도 나라는 사람은 완전히 다른 사람이 될 수는 없더군요. 다른 사람의 요구에 맞춰 나 자신을 자꾸 바꾸다 보면, 내가 나로 사는 것 같지 않고 힘들어졌습니다.

'이게 맞나? 다른 사람에게 인정받더라도, 내가 나에게 만족하지 않는다면 행복한 걸까?'

내 취향, 내 입맛, 내 관심을 포기하고, 누군가에게 맞추어 나를 바꾼다면 내가 원하는 행복을 손에 넣을 수 있을까요?

  우정 아닌 우정 때문에 고민하는 친구들을 많이 만납니다. 여자 친구들의 이야기로 썼지만, 친구 때문에 힘든 건 성별의 문제가 아니지요. 나이가 많든 적든 우리는 늘 관계 문제를 겪습니다. 하지만 10대 시절만큼 크게 다가오지는 않을 거예요. 어른들은 누군가가 싫거나 힘들면 피할 수 있지만, 여러분은 그렇지 못할 때가 많잖아요.

  현실에서 친구 관계로 힘들어하는 친구들을 만나면, 이런저런 조언을 해 줍니다. 그러다 '이게 다 무슨 소용인가.' 싶습니다. 직접 겪지 않는 이상, 얼마나 힘든지는 누구도 알 수 없으니까요. 문제의 한가운데를 통과하는 그 친구에게 필요한 건 훈수가 아니라, 곁에 함께 있어 주는 일 같습니다.

  그래서 이 이야기를 썼습니다. 문제의 한가운데를 온몸으로 통과하는 은하가 여러분과 함께해 줄 거라 믿으면서요. 흔들리던 은하가 자신을 지키기 위해 끝내 중

심을 잡은 것처럼, 여러분도 반드시 스스로 굳게 서리
라 믿습니다. 여러분 우주의 태양은 바로 여러분 자신
이니까요.

　나를 지켜 낼 나, 마이 가디언. 응원합니다!

여러분의 가디언을 자처하며

이재문

마이 가디언

© 이재문·무디, 2024

초판 1쇄 발행일 2024년 12월 3일
초판 3쇄 발행일 2025년 1월 3일

지은이   이재문
그린이   무디
펴낸이   강병철
편집   서효원 정사라 유지서 장새롬
디자인   이도이
마케팅   최금순 이언영 연병선 송의정
제작   홍동근

펴낸곳   이지북
출판등록   1997년 11월 15일 제105-09-06199호
주소   (04047) 서울시 마포구 양화로6길 49
전화   편집부 (02)324-2347, 경영지원부 (02)325-6047
팩스   편집부 (02)324-2348, 경영지원부 (02)2648-1311
이메일   ezbook@jamobook.com

ISBN 979-11-93914-51-9 74810
      978-89-5707-898-3 (세트)

잘못된 책은 교환해 드립니다.

"콘텐츠로 만나는 새로운 세상, 콘텐츠를 만나는 새로운 방법, 책에 대한 새로운 생각"
이지북은 세상 모든 것에 대한 여러분의 소중한 콘텐츠를 기다립니다.